后浪出版公司

从始至终

黎幺 著

四川文艺出版社

图书在版编目（CIP）数据

从始至终 / 黎幺著 . -- 成都 : 四川文艺出版社，
2022.10（2023.3 重印）

ISBN 978-7-5411-6144-5

Ⅰ.①从… Ⅱ.①黎… Ⅲ.①长篇小说—中国—当代
Ⅳ.① I247.5

中国版本图书馆 CIP 数据核字 (2022) 第 024900 号

本书简体中文版权归属于银杏树下（北京）图书有限责任公司，
并由其授权出版。

CONG SHI ZHI ZHONG

从始至终

黎幺 著

出 品 人	谭清洁
选题策划	后浪出版公司
出版统筹	吴兴元
编辑统筹	朱 岳　梅天明
责任编辑	陈雪媛
特约编辑	陈志炜
装帧制造	墨白空间·杨和唐
营销推广	ONEBOOK
责任校对	段 敏

出版发行　四川文艺出版社（成都市锦江区三色路 238 号）
网　　址　www.scwys.com
电　　话　028-86361781（编辑部）

印　　刷　河北中科印刷科技发展有限公司
成品尺寸　130mm×210mm　　　开　本　32 开
印　　张　8.25　　　　　　　　字　数　140 千字
版　　次　2022 年 10 月第一版　印　次　2023 年 3 月第二次印刷
书　　号　ISBN 978-7-5411-6144-5　定　价　68.00 元

目　录

一　源始

世界的开端是一篇随机性的史诗，所有的组合都是新的，重复的魔咒还未降临，每一件事物都独一无二。给出这样一句话，大概足以解说那片天地，以及它无与伦比又层出不穷的美：第一棵树是艺术品，而且只有第一棵才是。

这座无边界美术馆中的展品都是充满激情的造物，尽管其中一部分显得疯狂，欠缺理性——那时试错的成本尚未被造化纳入考量，被后世奉若圭臬的科学与逻辑对年轻而懵懂的星球无能为力。原创力爆炸的后果是过度的、炫技的作品，粗犷多于精致。那些宏大的、壮观的往往不成比例，难免令人发噱。头重脚轻的参天巨树被一个鸟巢压倒在地，湖泊大小的雨点时常将土地砸得满目疮痍，球形的大山在风中滚动——直到遇上一个凹坑或另一座棱柱形的高峰才会暂时驻足。

然而，它的迷人是毋庸置疑的。那些风景的纯度堪比钻石，海水像巨大无匹的碧玉，雪白的山岩仿佛由象牙雕琢而成，在淡紫色的黎明和玫瑰色的黄昏，柔和的斜阳放射出珠贝色的暖光，天地万物都忘情地吮吸着，像新生的婴儿吮吸母亲的奶水。至于动物们磅礴的、令人深感愉悦的活力，不妨参照波德莱尔的诗句："一切都使我的心激愤，除了原始野兽的真诚"。① 那时，每一具身体都是高贵的，地表之上还从未出现过任何一个卑下的物种——神性尚未撤离，巨人尚未溃散为蝼蚁。

没有第一个人，只能说头两个，一男一女，两种性别，没有优先次序。性别早于生命、决定生命，比生命更为绝对，这一男一女出自一对不存在的父母，像一个悖论。他们的性使他们燃烧起来，他们实践着他们的性，彼此伏击，做不以食用为目的、不以杀戮为结果的狩猎。没有语言，起初他们的脸几乎是完全封闭的，但一种遏抑不住的渴望让他们急切地在对方的面孔上寻求诉说与读解的器官。他们首先用眼睛说话，像天空使用闪电——那辉煌的沉默包含并预示了一切话语，他们也以这种沉默的霹雳相互开启。

---

① 　引自波德莱尔的诗歌《秋》，中文译者为陈敬容。

出于一种天赋的直觉，他们不约而同，将巢穴安置在一条清澈的小河边上，与他们分享水源的只有岸上单腿站立的毕方和水中鬼面长须的赤鱬。他们在猴面包树上栖息，躲避巨狮、剑齿虎，以及前两者的私生子彪和独角的狰；另一方面，他们以为，这样一来也能避开所有贴着地面突袭而来的命运。他们的噩运像一种气味刺鼻的花粉，经由风和授粉昆虫的肆意散播，在原野上四处疯长。有时是一丛带刺的毒蘽，有时是窝在草丛中的一只护犊的山犬，有时是疯狂而盲目的、会对一切发起攻击的蝰蛇，有时是一块足以磕断脚趾或别伤小腿的石头，有时是瘟疫。但他们不愧是消化噩运的天才，凭借他们的敏感、强韧、达观，以及对于死的无知——他们从不擅自发明无法亲身经验的事物。

这第一代的人类，不妨称他们为男一世与女一世，虽说称呼他们为伏羲和女娲，亚当和夏娃，努和哈比，兰奇和巴巴①也均无不可，不过此处显然以一般化的指称为宜。与其说是同类意识——人的数量太少，归属感无从谈起——不如说是同谋意识使他们彼此靠近。

_____

① 努和哈比、兰奇和巴巴分别为埃及神话和毛利神话中的人祖，均以宏大的、开天辟地的性行为开启了由人类主宰的世界。不同的民族对祖先的命名各异，却可能以近似的发音，例如"Ma"与"Pa"，来称呼父母，这或许是巴别塔存在的证据之一。

相似的外形和运动能力，使得相互观察和模仿成为顺理成章的事情，他们就地取材，以石块防身、以兽皮御寒，猎取獐兔、采食秋果，依气象流变在岩洞与树杈间迁徙，沐浴阳光，躲避骤雨，彼此越来越相像，越来越接近。

尽管就解剖学的意义而论，在他们的肌肉、骨骼和他们的内脏之中，都找不到爱情留下的痕迹。但我们仍猜想那确曾发生过，哪怕是一种季节性的职责使然：他们对于自己的身体没有全部的主导权。但男一世和女一世，一定在某次共同的行动中感到了肌肤相接的必要，也许是在从泥土中刨掘田鼠或从岩壁上采摘蝙蝠的时候——更擅于潜伏与偷袭的先民们，长期以来都是夜行动物。由于不具备夜视之能，他们不得不钻研驯养萤火虫的技艺，还发现了一种能用于采集并贮存月光的夜露。

在看似平淡无奇，实则妙不可言的触碰中，男一世感觉自己被卷入了轮回的洪流，一条口尾相衔的巨蟒将他紧紧地箍在布满了难解的预言花纹的腰身之中。凶猛的、长着犄角的精群在他的腿间喧嚷着燃烧起来，汇聚成一股银河般的璀璨激流，旋转着上升，刮擦着他的胸腔、咽喉，令他头颅充血，嘴里不自觉地发出一种可怕的咕咕声。

在他之前没有历史、没有记忆、没有幽灵（在死亡之后出生，脱胎于人的躯体，因而得了人之面目者），但在他的胯下却挂着一只塞满了累累魂魄（未经人化者）的蜂巢，一座肉制的悬吊式阎罗殿。他站在既是起点也是终点之处，这里混沌未开，所有未出生的都已死亡。无尽的未来弓缩在他膨胀的输精管里，像被压缩在枪膛中的空气。他被包含在他体内却远远超出他的身体和寿限之外的可能性催促着，要求着——像瀑布被地面要求着，别无选择地投身下去，执行着他抛砖引玉的起源工作。

她平胸，肋骨上架着一对桃核大小的乳房，全无魅力可言，但想必有一些唯有他才能领略的、女性最为本质的诱人之处在她身上被特别勾勒出来。

人类的第一次性交在一块高大的白垩岩上进行。他们可以透过欲望的激流眺望地平线——那里代表已知世界的尽头。这一刻留存在所有人记忆的核心：那被称为本能的部分。一具肉体制服另一具肉体之后，在同一片虚无之中，蛮力隐遁，柔情滋益——对于他们，这是一种谜一般的疲倦。他缓慢但是精准地，颇具仪式感地插入她干涩的阴道，仿佛尚且哑默的意识越过了所有喧哗的世纪，站在繁衍之路的尽头告知他：这头一簇精子的喷涌——这开源之性，是一次庄严的、历史性的行动。

接下来，我将不得不略去这个重要的场景，一来固然是由于作者的无能，再则本人深知，即便手中握有生花妙笔，恐怕也无法使人身临其境。不如就以这样一句话概括吧：史前的天空和今天的并无不同。

我们可以由己推人，想象在激情消散后近乎绝望的愉快，想象那难以抵挡的无法挽回之感：死亡在那一刻出现，并就此成为唯一的绝对真实。如果没有屋顶阻隔视线，我们一定会长久地仰望，并且会比以往望得更深更远。夜晚含着月亮，像一只美丽又痛苦的蓝蚌，忧愁的云雾碾磨着我们。我们的耳中装着远方的大海：一个沉重的卷轴，笨拙地展开一条边，而后又缓缓收拢，像在天地双唇之间吞吞吐吐的舌头，欲说还休地公示并遮掩着搁浅在沙滩上的秘密。

死亡：一出黑色戏剧，在幕布，我们的眼帘之后，一刻未停地上演，但与此同时，也将一切痕迹予以抹除——它要求我们遗忘，为了在我们身上一再重复。回忆的废墟长年冒着呛人的黑烟，每时每刻我们都像焦头烂额的凤凰，从自我的灰烬中飞出。

一个极易被忽略的事实是：在我们的影子里存放着祖先的形象。每一次日出与日落之间，他们向我们靠近，走远，离去，复又归来。

　　一世先民尚未有"人以纵生，贵于横生"的自负，对于自己的兽性自然无所愧疚；相反，他心满意足地作为兽类而睡去。在他的鼻腔中仍有蛮野的风在呼啸。但改变已然发生，他们之间的结合是家庭、族群，乃至物种之始，社会性在他们之间诞生，一切关系、一切分工、一切基本单元开始在他们的身上出现。这个微型社会尚未被定型为母系或父系的，共同体只依赖于自私与无私之间，自恋与他恋之间，善意与恶意之间，对个体性的削弱与强化之间产生的张力。他们仍处于不确定的合作、磋商、斗争、妥协、欺瞒的程序中，他们研习统治与被统治的技术，直到如今，这一进程仍然在继续。

　　那些容易表现得穷凶极恶的统治者都是脆弱的理想主义者，更为成功的统治者们一直在调适性地、有节制地作恶。在他们的执政之下，真正的激进主义往往败于残忍的温和，深陷于麻醉剂的沼泽中，难有用武之地。如果你能获得他们的信任，他们会这样介绍他们的诀窍："生存，本身就是一种持续不断的越狱行动——心脏对胸口徒劳的撞击。那些不安分的反抗者，他们是国家与社会的心脏。打击他们，但千万别使他们因绝望而放弃。无条件的服从便意味着权力机器不再必需，到那时才是权力的终结。"

　　黎明时分，一颗陨星坠落在西南方向的山谷之中。

天摇地动过后，大火如同带电的暗潮噼啪作响着淹没树林、河道、丘陵、湖泊、绿色草地、红土莽原和被金色落叶遮蔽的沼泽。死亡像黑色的天鹅在天际盘旋，浓烟、飞舞的灰烬和焦臭的气味先行飘达数里之外，向敏感的生物发出预警。啮齿动物的楔形小脑袋最早感应到灾难的微波，纷纷钻出暗无天日的地洞，一只摞着一只，层层叠叠地逃窜，从高处看，土地仿佛松动软化，变作一片长着尾巴的大河，向东方奔流着，河水见涨，河道不时外扩，浩浩荡荡，在滚滚烟尘中吱吱作响。

女一世被这个意象击中，但她尚不通透，缺乏将两种迥然不同的事物缝合于一个极为相似的微妙瞬间的方法——我们称之为隐喻——它们在她的体内硬碰硬地撞击在一起，发出轰然巨响，既无法调和，也无法退后一步，做修辞化、艺术化和常态化的处理，而是直接作为令人震惊的事实猛砸下来。她尖叫着推开压在身上的男人，连滚带爬地跌下岩石。

女一世像在旋涡中心的人那样高举着手臂，却没有被吞进预期中的深渊，兽群如同一面移动的垫子架着她遁走，山猪和夒牛用脊背将她抛来抛去。她像只停不下来的皮球在空中来回弹跳，始终紧闭双眼，来不及，也不敢低头看一看，还像之前一样，以为是着了魔的陆地在流动。在他回过神以前，她就乘着这座血肉和毛皮的岛屿漂远了。

痛苦几乎使得语言提前出现，一种恶毒的倾诉欲爆破了他，在嗷嗷号叫中夹着几个已足够表达愤慨、威吓和诅咒的，或至少能用于定向攻击的字眼。举目所及是一片地狱的丰收景象。一切植物都戴上了火的树冠，绽放出火的花朵，结满火的果实和火的麦穗，被一种不属于此岸世界的繁盛压垮，佝偻着身体变作灰白或焦黑一团，被风轻轻一击便散作飞灰，仿佛一个精壮的男人被罗刹厉鬼缠身，在一瞬间灯枯油尽。火势仍在继续扩大，土焦水干，元素的战争不断殃及池鱼。狂怒的猛犸嘶吼着，横冲直撞，像燃烧的山峰被两根白色长戟高高挑起。它们已经成为火的怪兽，有火的毛皮和火的血肉。这些奔跑的巨鼎势不可挡，在它们脚下，从骄傲的虎豹，到带刺的猬豕都成为羸弱的牺牲。之后暴雨突降，无处不在的哀号声被赋予了实体——需有多少疼痛才能供应如此庞然的哭泣。

混乱持续了一整天，灾难也感到疲倦，终于缓缓躺倒，睡去。万物定止，天地凝固如琥珀。世界变了一个魔术：它给自己裹了一件火红的斗篷，然后带着自得的笑容一抖手腕，斗篷滑落，原本披红戴绿的黑色躯体已是完全赤裸。

惩罚在罪愆之前便来到了。如果"惩罚"这个词本身携带的时序如此严格，像春夏秋冬一样不可变更，那么对于执法者，对于神而言，未来必然早于现在，早于过往，这种未雨绸缪的逻辑使人成为惧怕未来的生物——不是因为其不可测知，恰恰是由于它过于确定了。

事实上，他根本不知道时间的存在，虽然并非不曾留意到事件总是依次发生，且都在用于摆放这种次序的线轴上占有一定的长度——当两起事件一同发生时会更加明显——但孤独使一切都内化了，太过私人了，不能被指点，无法被干涉，而他本人是欠缺条理的。

不知过了多久，昔日的灭顶之灾已经了无痕迹，他却仍未忘记，并始终坚持自己是一个幸存者。我使用"幸存"这个词，以之表示一种生命的越渡状态："曾经活着"如此有力地被强调着，以至于"现在活着"被覆盖了。

奔跑、觅食、埋伏、追击、逃避、防御、躲藏，这些即时的求生行为，这些非纪念性的行为都被忽略了。这使得他与死人非常接近，也许只存在能让他保留一个有生者的面目，使之不至腐烂的最少差别：一丝体温和一口气。在那样的灾难中能够存活，已经不能用幸运来解释了，很可能他根本无法死去。死不能将他归档，世界不能将他回收。他比死更为古老，更为长寿。他与一只黑犬为伴，那是另外一个被死排除在外的生物，从长相看，简直像是死的同胞兄弟。他们属于这样一类生灵：他们活着，但极少沐浴光，他们日夜与死面面相觑。朝暾夕月，只有这两面高悬于太空的镜子才能映照他们的精魂，只有这两颗天空的心脏与他们胸腔以内的血肉同步搏动。

世异时移，世界像一副由田野、平原、湖海、江河、林莽、山川，以及充斥其间的一切生物组成的纸牌，被地壳运动翻覆颠倒、来回重洗。此石非彼石，此木非彼木。原本在一年中能够享用四个春季的福地，如今爬满了坚冰，地面上仿佛被涂了一层天空的漆，耐寒的游鱼如同冰下的飞鸟，白熊好似食肉的云朵浮游其上。

生物系统像一个庞大的机构被砍削至极简以应对艰难的时局。扶桑和紫茉莉未及凋谢就被收藏在严寒的水晶匣里。荞麦、苦艾和各种蕨类植物，这群黄绿色的草本孔雀，收起地上的尾羽，缩回蛋中，以种子状态——一个生命的奇点，有生与无生的临界——等待着水与土的嬉戏使其重见天日。鹅耳枥、羊角槭和其他从未被命名的高大乔木放开攥了一整年的树叶，如吝啬鬼丢弃在手心里焐热的钞票；水分如情绪一样下沉，粗大的根系一直探入土壤深处，像黑巫师在大难临头时将心脏移植到地底，以此保留复活的希望。僵硬的昆虫像灰褐色的雨，从供其藏身的石缝中纷纷掉落，动物的尸体都保持着冻结之前最后的姿态——世界修筑了这座白色宫殿用于存放这些栩栩如生的玻璃雕像。可惜只有藏品，没有观众，已停止转动、仅供陈列的眼球无法放射愉悦心灵的视线。

男一世和他的黑犬一起开始了流浪，原因十分模糊，自然不是为了逃生——他们，他和它，在被死亡背叛之后，尚未重新认可生命。他只是突然意识到自己与一棵树的不同，仿佛为了印证这个发现，他才决定离开。为了搭救冰凉的躯体，他备好了三件兽皮，至于冻僵的灵魂，则无法求助于任何身外之物。

鸿蒙之间，元炁常盈，赋予他一种直觉，尽管有时只是错觉。起初，他选择寒流袭来的方向，他要去看看什么样的鼻孔能发出这样凶猛的呼吸；在寒流歇止之后，他又以为冰是龟甲一类的东西，一直走下去，总会找到大地柔软的头颈或四肢。但就此继续下去，一个个冰川，一个个翠谷，一个个尽头，都没能让他停驻。旧时初衷早已失却，新的目的未能自行显明。前路一片混沌，只好任凭勒不住的双脚行走在茫然中。

某一个黎明，他们来到海边。沿着海岸线继续南行，乳白色的海水层层叠叠，像一本迷离的书，裹在雾中的岛屿渐行渐远，仿佛一颗颗蚕茧晾晒在地平线下方，被埋首阅读的朝阳涂上一层沉思的珍珠光泽。晌午，他们在恍惚中错过了一地芬芳，回首看去，就像回望一个梦境。身后，野花像星辰一样缀满草地。晴空如洗，一朵昼夜跟随他们的乌云——仿佛积雪消融，用雨丝在他们的脚边织出一条溪流。

傍晚，他顿悟般地了解到自己的内心，他知道那片海是他壮阔的渴望，那条溪则是他纤柔的思恋——他无法领会无形的事物，除非将之视为一种可视听触嗅者的变体，颇为神秘的是，所有这一类附会均与水相关，所有那些大大小小的水面都映出那与他百般相似，又如此不同者，多么奇妙：一个女人。

入夜之后，风像一排柔软的、有波纹的刀子，松松垮垮地挂在原野边上。世界悄然后退，远去了，脊背擦过刀尖，沙沙作响。他不再以一副躯体的形式存在，他的轮廓已消解，内在与外在不再界限分明。他浑然如一滴水，在夜之海中失去有限的自我，溶于无限的太冲。睁开眼，他是夜的一部分，闭上眼，他就成为夜本身。这时，他终身的敌人孤独——远在世界边缘的一条毒蛇，趁机征服了近乎无穷的距离，予他隔空一击。

他的孤独与我的孤独——孤独或许是我们唯一可能分享的东西。是啊，世间哪来的第二个孤独呢？如果有，孤独本身便不再孤独。孤独比月亮更稀有，甚至不能拥有一个倒影，一个假伴。孤独：不增不减，不垢不灭者。

他终于领会到这流浪背后的因果。孤独就是一切：作为一个理由，不是不够，而是太多了。孤独甚至令他不能见容于梦——他只能梦见自己的睡眠，就像一个写作者只能描写自己写字的动作。他的头脑第一次生产出一个概念："同类"或者"爱人"（两者于他并无区别）。手中握有这枚纤细如发的，为着刺杀那远在天边的孤独而铸造的武器，他只身上路，前往孤独的巢穴。但他的命运早已写在他的惆怅中，写在那些予人以微妙的紧张感的、悬停在蛛丝上的时刻——我们隐约感知其重要性，但却无法承担其分量，只得任其挣脱我们的掌握。

他无法杀死孤独，就像无法杀死自己的影子。他的每一次偷袭都将失之毫厘。

二 语言

　　梦见自己正在熟睡的男一世从熟睡中醒来——尽管梦仍未结束——睁开眼，对着清晨的天空打开了新的故事盒子。云翳迷蒙的世界轻轻扑扇了几下，就像额顶露滴、肩披晨雾的幼鹿一跃而出，挣脱了他的眼帘。

　　长久以来，他不知疲倦地行走，仿若河流，淌过了几万里路；他步履缓慢但从不歇止；他与我们一同醒来，又在我们沉睡时离开我们；他无始亦无终，以至于我们完全可以称他为：时间。在行走中他的身躯愈发挺直，残留在佝偻身姿中的那少许四足兽的余灰被淙淙步流洗了一个干净。

　　他曾路过农牧神的领地，那些粗壮的收获者有老鹰的眼睛、山羊的瘦脸，还长着一根大象的阳具。他们的心脏是一只候鸟，每年早春在他们温热的胸腔中筑巢，来年深秋飞离，将死亡和寂静归还于他们。他们对他既冷漠又友好——以后人们会将如此这般的态度和关系称为熟悉——任由他从他们的农田和牛羊中间穿过，对他没有半点好奇和戒惧。

从以草灰涂于山壁的岩画中，他得知，原来他已有了新的同类，他们已得了这群喜怒无常的自然侍奉者之垂青，从他们这里学去了种植和饲养的技艺。作为献祭，女人们围着篝火癫狂地舞蹈，男人们从一头壮硕的水牛身上剥下一张完整的牛皮。在火光与喧哗以外的原野上，那头从自己的界限中被释放出来的巨兽，血淋淋的肉体仍在发足狂奔，像天地缝隙之间的一道爆炸的伤口，愈加显得蛮力惊人、势不可挡，仿佛是它自己从皮里硬是闯了出去；在一种绝对的被抛弃状态下，奔向无限远处，像被话语舍去的读音，像被本然甩脱的应然。

从此以后，人们就像骑乘星球的骑手，乐此不疲于驱策天时和驯化土地。

一切发现都在向他表明，他已经来到温驯的宜居地带。在这里，人是猛兽中的猛兽，是他们自己的天敌。他生命中的第一个村落已经是一个种子国家，拥有他们的政治、他们的方略、他们的习俗和他们的敌人，那里的人越年老就越与他相像，每年轻一岁就会在脸上取消一个他的特征。

写下这个小村是一个错误。它漂浮在宇宙中，如此安详，如此脆弱，敲击键盘的动静足以将之震毁。

以后当他想起这里，想起他的这些子孙——他们被一阵风吹得遍地都是——会首先想到像一条手臂似的抱着村落奔流的、呈莫比乌斯环的河。它无始无终地始终流出并且流进自身。正因了这条河的养育，这里的人们不辨方向，甚至不分内外，如同生活在旋涡当中。他们只认一个方向，径直下去，一切事物循环往复。有时他们会消失一阵，因为总朝着那个方向，他们难免会失足掉进自己里面——每个人都是一口深不可测的井——许久才出得来。他们不需要桥或筏来渡河，只消沿河走上几步就会发现自己已在村外了，再走下去，过不了一会儿又回到了村内。事实上，这只是他们的感觉罢了，河只有一条岸，他们既在村内又在村外，无法进入村子也无法离开村子。

村子是那么小，以至于不能给围绕它的环形水系一条像样的直径（像用一根看不见的棍子将圆环撑开）。它软绵绵地瘫在当中，简直成了一个桃核似的岛屿。可是如斯细小的地，却容纳了巨大无匹的山。那高耸的崖壁即使只以目光攀登，从黎明直到傍晚，也无法将之看尽。霞光只能烧到它的脚跟，云雾只能缠裹它的膝头，雄鹰只能巡查它的腰际，而由于夜幕根本遮不下它，即便在深夜，人们仍然可以顺着这头巨兽的脊背一直望到天边，翻过所有无论大小，与它相比都只如碎石子一般的山头，越过一层又一层白色泥浆似的稠云，直看到星与月的光芒都无法抵达的至高太空。不过，那早已超过目力的极限了——村里的人没有见过星星或月亮，宽广无涯的山体就是他们的石头天空。

村子虽然小得像颗尘埃，却已足够摆得下这样一个庞然大物了。因为山是倒过来的，只有一个针尖样的山顶落在地面上，仿佛宇宙伸出一根独角顶着地球。

细想起来，那山、那河和那条村子，仿佛是配了套的——陀螺、鞭子和一个小小的准心。河叫弱水，山则是不周山，但村里人不知道这些，名字是后来人给取的。他们说起什么就用手一指，说到山就指一指山，说到河就指一指河，说到村子就指一指地。他们自甘贫乏，一向只备好现吃现用的，还不会在地窖里囤东西，也没有开始在字典里囤词儿。

村子里地太少，差不多只能放得下双脚，没有余地做耕种和养殖之用。他们只好在山上开垦土地，而那无疑是十分困难的。多年以来，河流始终通过一个肉眼不可见的角度，将水送到山上去走一个循环，也从地面携了些淤泥和草茎，一层层地涂在上面。渐渐地，山变作泥土的黑色，也有一些稀疏细弱的、像胎毛似的植物倒着生长出来。

起初，人们只在低处种些麦子。他们用干草把种子捆在一根棘刺上，时候到了，大伙儿互相协作，搭成人梯，站在最上面的人将这种简易的播种工具牢牢地扎进泥土里——那情形有些奇怪，仿佛他们在栽种星辰。可即便工作做得漂亮，成活率也成问题。麦苗长出来，比地面上种出来的更长一些，但就像太高又太瘦的孩子，营养不良，很快夭折。所幸那些长成了的，穗儿都结得特别饱满，大概因为养分从泥土里倒着灌下来，所以喝得很足。采取这样的种植办法，能够利用的土地不多，收成有限。更重要的是，人口在增加，越来越多的人无所事事。后来那些有远见的人——主要指意识发展比较超前的，尤其是率先有了记忆的那些人（或者说，那些遍体鳞伤的人。因为人的第一个记忆往往得自伤痛）——决定在山上种树。

一开始都种果树，枇杷、龙眼和栗子树，好几年之后才能长成。果实只是眼前的收获，更大的好处是可以借这些树攀缘到更高的地方——那时的人们长于此道——再在那里栽上一排新的树苗。到后来，树越栽越多，山越登越高，一年四季都有吃不完的果实产出。他们也开始种些别的，杉树、松树、杨树等。树阶就这样一层层地给人们修成了，上一层的树冠挨着下一层的树根。不周山就像一根线轴，被一匝一匝地缠裹起来。

倒长的树林里渐渐地也有了些倒着生活的动物——狼、猪、鹿、獭、狐、獾，还有一些花花绿绿的山鸡。它们醒着的时候都像猴子，睡着的时候都像蝙蝠。而所有的树都比寻常所见要细一些、长一些，枝条像被梳子打理过似的，无论粗细都整齐地垂向下方。远远看去，仿佛整座山上到处都是倒立的长发女人。树已经给种进云里去了，危险性也越来越大：从那么高的地方，掉下个松果也能打死人，何况有时会掉棵大树下来。

村里人原先都睡在茅草搭的窝棚里，现在只能用石头造房子。不仅如此，要在外面走动，必须得像乌龟似的背着一块石板。但是习惯了这种战战兢兢的生活之后，却也不难找到乐子。尤其是半夜里，那些挂在树上的动物睡得糊里糊涂的，松开了抱紧树干的爪子，就会一个接一个，雨点般地从天上掉下来。人们躲在自己的石头屋顶底下竖起耳朵听着，点着数。早晨出门挨个捡回来，能救活的就救，救不活的大伙儿就分了吃。吃过之后他们会再点一次数，这个数字和前一晚的那个往往并不相同，这使他们久久地陷入沉思。从这个过于简单的狩猎游戏中，他们掌握了基本的算术，智力的发展因此一日千里。

　　小村的美得天独厚。

　　这里一天中有半天在下雨。从破晓开始，在不周山上的森林中积了小半夜的露水就稀稀落落地降下来，在清晨时分达到最大，一直下到中午才会停。雨停以后，地面会形成一汪汪一道道清甜的水洼和溪流，由一道横跨在村子上空的彩虹箍起来，被旋转的弱水河一小勺一小口，一丝一缕地喝下去，吮进去。以这种大家闺秀的扭捏方式进餐，得到第二次日落之前才能吃光餐盘中这些银色的小点心——小村每天都有两次日出和两次日落，太阳先是从东面的地平线冒出来，不待一整个露出地面就被高擎于天顶的不周山捉住，杂耍似的一躬身，搁在脊背上滚起来，到了傍晚，日球终于从这一头滚到那一头，滚过了整座山，又从高崖上疲惫不堪地掉了下来，落在西面那道遥不可及的缓坡上，在紫红色的霞光与烟尘中一骨碌逃了下去。每天只有那么两个时段能看到太阳，但村子绝不缺少光照。不周山敞开襟怀接住了所有的阳光，但并未独享，而是任其在高台上四处流溢，仿若一眼喷泉，将光瀑从头顶像长发似的披泻下来。满山的乔木、灌木和竹林，浸泡在这片璀璨的光海中，漂浮着，好像都是由大理石、翡翠、琥珀、玛瑙和橄榄石雕刻出来的，每一根都被光勾勒得清清楚楚，耀眼夺目。

和别处没有不同，村里人最爱春天。他们的空中花园在生命涨潮的季节里争奇斗妍美不胜收。在看不见的山顶上，雪消融了，无数条细流依着山的轮廓从各处垂挂倾泻下来，像一只水晶鸟笼将村子罩在里面。当鸟笼零落成为一副珠帘，当所有的水晶栅条都散了架，断作一截截，缀作一串串，像一个个意犹未尽的省略，春天也就快要结束了。

夏天的小村被掩映在花海底下。有了不周山这座大顶篷，森林吸收了大部分热量，整个村子成了一个天然的凉亭，人们在芳香的暗影中变得懒散，感到满足并且失落，除了漫步就是发呆。

在相对难过的秋天，小村被落叶掩埋，但这带来的并非只有不便。村庄仿佛被毛毡裹了起来，当那些熟透的果实掉下来的时候，都落在厚厚的垫子上——它们蹑手蹑脚地从山上走下来，静悄悄地躺在落叶铺就的软褥上睡了过去。每一天人们都会收到许多这样体贴的馈赠，所以秋天是甜蜜的。

那种只有冬季才有的、明媚的伤感，在这村子里最能得到淋漓尽致的体现。那时弱水河已经上了冻，这只凝视不周山的眼睛暂时停止了过于灵活的转动，变得更为专注。作为这凝视的一部分，瞳孔中的小村愈发晶莹剔透，在静谧之余，还充满了一种神秘的宿命感。它的渺小和脆弱都因为它的美丽而加倍了，此时的村子使人悲伤，仿佛它行将消失，就在第二天的头一缕阳光底下。

小村的雨起源于李贺的诗句："露脚斜飞湿寒兔"①。这句诗的魔法在我眼前展开的是一幅怪异但妙不可言的画卷：某一个夜晚，就像那些卑微的、蜷缩起来做梦的人们，整个世界的露水在恍惚中受到召唤，顺着植物的茎叶攀缘而上，攀至无遮掩的高处仰望繁星密布的夜空。它们震惊并痴迷于那些与它们如此类似又如此不同的存在，为自己的短暂而自惭形秽。它们无法流泪，它们自身就是泪水。由于信奉一种天与地的对仗法则，所有露珠般的生命都难免幻想着挣脱土地的怀抱——那怀里拥着骷髅——升仙得道，成为发光者，在天上享用地上所没有的永恒。于是，一场由地到天的雨倒着下起来（"下"字已不妥当，也许应更替为"上"），露珠仿若一种透明的水晶蛾，一齐趋向天空中最大最亮的光源：月亮，终将广寒宫的里里外外都洗了一遍，连娇美轻盈的玉兔也被打湿了皎洁的毛发。然

---

① 引自《李凭箜篌引》。诗句和下文所引注解分别可见于《李贺诗歌集注》（上海古籍出版社，1977 年版）的第 31 页和第 33 页。

而，书中的注解令人失望——"言赏音者听而忘倦，至于露零月冷，夜景深沉，尚倚树而不眠"。一个现代人竟期待着一场古代的雨，我不仅是"替古人担忧"，还为古人祈雨了。不过转念想想，小村既从一个误解中诞生，我也只好令它的故事充满意外，如此才算适得其所吧。

不周山为小村绘制了天然的权力结构图。当人们像蜂群一样拥上山去，他们的高度一目了然。

那些更强壮、更灵活，从而能够攀爬至最高处的人十分自然地受到推崇。这推崇渐成气候，于是同样自然地——就像一朵花的打开——生出尊敬、畏惧、妒忌、谄媚、敌意、提心吊胆的排斥和迫不得已的依靠。矗立在人们眼前的不周山，就像一把绕不过、避不开的巨大标尺，令他们不得不一再进行测量与自我测量。和他们附身其上的山体正好相反，人的数量随高度递减，只有竹笋粗细的山底人马杂沓，而像斗笠一般遮住天空的云上部分则杳无人迹。

每个人都只能看到头顶的上一层，恰到好处地生出上进的期望，不至自满，更不至自弃。或因年龄的变化，或因其他自然或超自然的缘由，有些人的身体增强了，有些人的身体衰弱了，他们上上下下，像波浪一样在崖壁上涌动，但只是在阶梯队列的内里做着交换，整体上仍然大致保持同样的情状。

为了到达山的更高处，人们使尽了浑身解数，除了长出翅膀。对于高度永不满足的渴望让他们编造各种用于自我安慰与自我鼓舞的幻想。其中最为通行的是一个关于山顶的传说——甚至仅仅是为了转述这个传说，他们才创造了语言。对于那些一路攀上云端，从此再也没有回来的人，人们做出种种设想，唯独回避那最为现实也最为无趣的。他们描述无人得见的山顶风光，断言云上有一片乐土，笼罩在常年不灭的彩虹和霞光之中。那里居住着强壮聪慧的高级人种，他们在云泥上玩耍，在天河中沐浴，一棵巨大的神树和一头壮硕的天牛为他们供应取之不尽的果实和鲜肉——摘掉的果和割走的肉会立刻重新生长出来，绝不减少半分。而对于地上的人而言，他们所以存在，唯一可期的，就是顺着不周山这座伟岸的天梯登上山顶，加入天人的行列。

语言的出现是个巨大的进步。比之简单的手势，人们能够表达得更多、更准确，他们可以更好地协作，组建更复杂的团体，彼此之间产生更为多样的关系。但副作用在于，人和人之间从此分出了亲疏远近。以往均匀和稳定的间距，因为一向缺少予以推挤或拉扯的工具，曾经牢不可破，而现在只需说话，只需表示承认或否决就能够令一切分子发生剧烈的振荡——在这种权力和能力的鼓动下，每个人都是莽撞的。亘古以来风平浪静的人群，如今不时就会沸腾一阵。在词语的冲撞之下，战争鼓噪，用它的铁舌头，教会人们一边背诵自己的命运，一边走出放大的瞳孔，步入针眼般的死亡。然而，人不仅畏惧拥挤，也畏惧孤独，不仅要求他人之死，也要求他人之生。一连几次规模较大的战斗使人口锐减，余下的人终于在警醒之后感到羞愧和悔恨。在是和否以外，他们发明了妥协的语言，于是又一个和平时期来临了。

历史就这样在振荡中缓步前进。直到最近，人们才遭遇真正的危机。起先，早已有人发现不周山有了少许倾斜，他们及时想出了应对办法：在一边多栽树，另一边则少栽一些，如此这般，只要增减的数量正好得当，就能矫正不周山的站姿。但针尖上的完美平衡一旦被破坏，想要恰到好处地将之复原又谈何容易？无论他们怎样小心，总有一边会比另一边多出一分。树越种越快，越种越多，山却始终没能站得像过去一样直。现在又有了新的情况：不周山在下陷，原本只是支在地面上的山尖已有一截插进了土里。兴许是山变重了，兴许是地松软了，但想来更是因为不周山像个凿子似的扭动着，左右摇撼着把土地给凿开了。

闲不住的人们白天炮制劳作的喧哗，晚上则尽情地打着呼噜。他们并没有意识到其实自己是在有意弄出点响儿来，好遮掉另外一个令人寒毛直竖的声音：不周山搠进地里去的声音——就像一种十分笨重的、难以形容的磨牙声。

适逢其时，男一世来了，携带着记忆，就像纸包住火，像一座城池漂浮在自己的海市蜃楼中。那会儿，黎明刚过，时光凝滞在琥珀色的晨曦里，等候着他和他的故事。清甜的露滴从头到脚洗掉了半个地球的灰尘，旅途的劳顿得到了暂时的纾解。他像朵云一样在村里巡游，怀着变幻莫测的心情。一路上只见到几个盘腿坐着的老人，他们太老了，失去了登高的体力和雄心，只能生活在淤泥里。在这个像水波一样黯淡柔软，轻轻在肩头荡漾着的早晨，他们目光呆滞，一脸恍惚地望着祖先翩然而来，在他的脸上，他们看到了自己古老的青春。

黑犬全身的毛都湿透了，佝偻着身子，哆嗦着，眼神凶狠，像一个穷途末路的神灵。它令陌生人既感到害怕，又感到忧伤。长久以来，它充当着男一世的向导，代理了他的直觉。尽管从未证明这一信任的正确性，他仍不问究竟地跟着它，像黎明紧随着夜晚。

他一边走着，一边像月亮一样憔悴下去。他感到自己的双脚偷偷地卸下了施加在它身上的过于繁重的劳役。他想呵斥它、命令它，但已经来不及。它只一躬身，就将扛着的身体抖落下来：他跌倒了，几乎还在半空中就昏睡了过去。

男一世在那个永不中断的梦中醒来，发现自己置身于人群之中。这群人整体上呈现过渡时期的混沌特征。其中，食人者占三成，在他们血红的眼睛里，没有同类，只有食物和生存竞赛的对手；熟食者占三成，他们率先懂得了火的好处，对血淋淋的生肉起了反感；敬神者占三成，他们时而悲叹，时而狂喜，他们承认自我的渺小，并因稀释自我的需要而生出了有关无限的认识；知耻者占三成，他们穿衣不仅为了保暖，更是为了遮体；能言者占三成，在语言的萌芽期，他们说出的每一句话都是崭新的创造。当他们预备讲话的时候，就像上帝将手伸进装满星星的罐子，满怀惊喜地抓出一把，撒向空无一物的天穹。哪怕只有一句简单的"你是谁"，也是在吟唱一首由三个闪闪发光的语素构成的美妙绝伦的诗。

男一世在漫长的行程中获得了有关这个世界的大部分知识。他懂得训练和役使鹞鹰和白蚁；他懂得冶炼和锻造，能在山腹中采掘铜矿和铁矿，能打造三角形和椭圆形，以及所有他见过或能够想象的形制；他懂得分别一条河的上游、下游和中段，就像辨认巨蟒的性器官；他懂得怀孕的鹌鹑会在深夜脱掉羽毛，变成一种幽灵般的水貂，下河捕捉乌龟和大鲵；他懂得蝉和蛾的两次出生与两次死亡，完整地观摩过它们所有变形的过程。但他从未与人交谈，他和他所知的秘密仍被锁闭着。他头一次听人说话，这是极为不寻常的，这些人用自己的舌头和口鼻发出非自然的声音。这三个音节钻进他的皮肤，在他的体腔内四下奔突，给他造成一种不可复原的破坏——从此，他已不能作为一个完满的自然形态而继续存在。

男一世大张着嘴，试图模仿这些全新的声音，但只能咿咿呀呀的，像婴儿一样含混不清地怪叫着。无论如何，他还是弄清楚了：这些人崇拜他，并对他寄予厚望，他们认为他一定来自天上，拥有人间所没有的能耐与见识。仿若一种最高的礼节，他们向他奉上一个名字，采用的是第一个能被他准确吐出的音节——"唵"——他没有向他们解释，无论他或他们，都尚未掌握可以做出这类解释的语言。面对自己的后裔，就像面对自己的碎片、自己的支流。通过他们，他将自己粒子化了，他观察他们，呜里哇啦地对着他们比画，就像在努力与自己的细胞沟通。他想以他的见闻充盈他们的头脑，却先给他们注入了他的孤独——那种随同世界的辽阔与丰富一同增殖的孤独；他们则作为一个群体，以所有社会性的发明将他缀连在物种的阵列中，并将他——他们的腌高举在塔尖之上。

令他感到震惊与不安的是，他的少数几个最出色的仆人，那些子孙中的早慧者，向他展示了一种全新的创造。他们带他来到一块空地，扫开落叶与枯枝的伪装，给他看了世上的第一个字。那是一个还未完成就已经无比复杂的图案。腌的目光顺着用白垩涂在地上的、歪歪扭扭的、稚拙的笔迹看去，浑身战栗着——那种极度不适的感受不仅出自异质感，还出自一种古怪的亲切感：他竟觉得这从未有过，甚至至今仍未出现的新事物，好像比世上的一切都更加古老。那是只有作为"前提"的事物才可能拥有的古老。

他几乎已经察觉自己是被虚构出来的。

任何一部文学作品都很难避免这样的时刻。让老哈姆雷特的鬼魂急匆匆地离开他的儿子，离开艾尔西诺那座岬角城堡的，不仅仅是黎明的曙光，更是一种身不由己的自觉，那两行宣告退场的文字，就是拘役他的阴司；乡绅阿隆索·吉哈诺之所以从幻梦中醒来，在临终前痛骂他曾极力推崇效仿的骑士小说，只不过是因为借着终局落幕前的最后一瞥，看清了那些闪闪烁烁的、窥探的目光，知道自己本就在小说之中：一本讽刺小说，主角是一个无可救药的浪漫主义者；当盖世英雄毗湿摩跌倒在箭床上，任由天空像一块蓝色的纱巾，轻轻扬起，掩住他魁伟的身躯，他的脸上带着欣慰的笑容，因为他早已等待着这一终结，并且深知，杀死他的不是束发或者阿周那，而是那些充当坟墓的诗句；也许唯有但丁是个例外，他不仅穿行于人间、地狱、炼狱与天堂，也穿行于一部神圣喜剧的内与外，他的人生与诗相互创作，以至于他能够通过修改镜中的面容来改换自己的形貌。诗中的预言在现实中早已事先应验，而现世的命运则是诗句回荡的余音。当男一世被唤作俺，当他获得了一个名字，他便不再是一具纯粹的肉体，不再坚守在他的物质界限中。他已经成为口头物，并将进而成为书面物。所幸这只不过是他的一闪念而已，否则，如果将这个逻辑继续下去，作者或读者都要无所遁形了。

那字的轮廓看上去就像一枚无花果。造字的人将它剖开、摊平，露出果肉和被裹在当中的果核。果肉是海，其中有粼粼的水波隐现，果核是陆地，其上分布着丘陵与沼泽。它们以两种不同的方式，分别在暗处与明处，以内在或外表孕育生命。这幅画面与他以往所见所想截然不同，事实上，这根本无法称为一幅画面。与图画相比，眼下的这堆线条对形象进行了某种致命的削减，即使与最为劣质的画作，与那些比例失衡的、笔触凌乱的，以致完全不能辨认的画面相比，它都显得更加粗陋，更加简略，仿佛其中缺少了某种至为关键的东西。这种缺乏是触目惊心的，是不可原谅的，然而，却偏偏是以一种过度的丰盈来表现的：锯齿形的日轮，从满月到朔月的所有月相，一年四季的星座分布，都被容纳在图像的一角；绵延的山脉像匍匐的巨人；白杨、白桦、针叶松，层次分明的山楂林与灌木丛，浆果与蜜橘，藤萝与花朵，各种走兽与飞禽，整齐地列成方阵；牧牛与驯象的人散落在平原和土丘上，猎手潜伏在荆棘背后；农事与战事在上下两边分别排开阵势，那是两种截然不同又极为相似的棋局：在阡陌纵横之间，棋子的命运被各自手中的金属所决定，他们行动，他们挣扎，他们倒下、死去。

三 巨人

这时，在人们之中，早已出现了第一批饲养火焰的人。他们日夜不停地投喂这种身体滚烫、变幻不定的动物，谨慎地与之相处，以木头、草梗、毛发等几种不同的饲料和极为讲究的养殖技术，将火焰圈养在弱水河边的碎石滩上。他们尚且不敢有驯服它的妄想，只不过在尽力揣摩它的脾气。一般来说，清瘦的火焰是温顺的，肥胖的火焰则暴躁易怒。他们围绕它、赞美它，受它庇护，也被它灼伤。在它甩动触角鞭笞夜晚的时候，一种略嫌残忍的诗意完全震慑了他们，让他们情不自禁地跳起笨拙但有力的舞蹈。

一些人痛哭流涕。他们是先知，拥有能够洞悉未来的智慧，明白这个红色的使者将以他们无法拒绝的权威参与到一切的创造与毁灭之中。"未来"这个词本身便意味着他们已经具有了时间意识，尽管十分模糊，十分不确定，没有单位，没有参数，无法计算，甚至无从区分长短。在目睹了火焰从一片枯叶开始逐步吞噬整片森林的过程之后，他们便认定正是时间支使一道闪电，将这头忽大忽小、倏然聚合，又倏然分散的怪兽空降在地面，为的是执行某种局部的加速任务，以便尽早抹除某些不再被这个世界所需要的东西。

无常，这是火焰的另外一个名字。事实上，这也是它的第一个名字。

俺和其他人围坐在一起，在这个庞大的，几乎可算是一个平面王国的字旁蹲守了一整天，即使危机重重的夜晚，也没能叫他们离开它半步——火焰为他们驱散了对黑暗的恐惧，在一夜之间让他们集体成年。他们为铺在地上的这个蜂巢般的图案而神魂颠倒，心中满是困惑与期待。在火光的照耀下，许多来历不明的阴影交叠在一起，在笔画之间闪烁不定，仿佛充满暗示，晃花了他们的眼，更让他们产生了某种莫名其妙的信念，一种有关意义的信念：他们认定在这个字中包含着万物的秘密。

自此以后，事物不再只呈现自身，而是必须被视为对象，被某人以他的方式来认知。所以，人们对解释的需要将会超过对感受的需要。但谁来解释它呢？一件集体作品任性的、复杂的、全然失控的生命力总是会让它的任何一位作者感到震惊、恐惧，没有人敢于认领它，谁也配不上它的丰饶和它的壮观，谁也不能宣称为这种过度的、强横的才华负责。

没有人知道天是何时亮的。俺和他的同伴们早已疲惫不堪，以至于感官出现了非同一般的勾兑现象：他们没有看到日出，而是听到了日出。潮水般的光芒在他们的耳边轰鸣，一个全新的日子像一个浪头突地撞进了他们的脑袋。也许正是这个头晕目眩的时刻导致了他们的集体幻觉，在场的所有人共同目睹了一幕奇观：地上的那堆线条好像在一瞬间同时苏醒，一齐挣扎着扭动起来，仿佛一只野兽得到了某种提示，突然意识到自身的轮廓其实是一个陷阱。眼下，这个过度臃肿的字开始为自己松绑，一点点地擦掉了外围的笔画，整个过程像极了一次妊娠，子宫一旦被打开，孕育其中的无数蝇头小字便像那些御风飞行的蜘蛛一般，纷纷扬扬，飘向四面八方。然后，地上的字迹便渐渐隐去了，世间的第一次阅读行为就此被终止。

自始至终也没有任何人认得它，这唯一的字是个永恒的谜，这最初和最后的字，从没有被使用过。但它并未消失，事实上，它根本不可能消失。它是其余所有字的母亲，躲藏在每一本词典之中至为幽暗之处。这是一个鼹鼠般的、盲目的字，窝在暗无天日的地穴里，独自一个，默不作声地舔舐血流不止的腹部——那是一个不可能愈合的伤口，那些从它体内逃逸的子孙永远也不可能返回。但当时，在那个开启一切意义的夜晚，在俺的眼中，这见不得光的字却散发着如恒星般不可一世的光辉：那是一道启示的光辉，为他指明了道路，让他追随那些流离失所的文字，要他捕捉它们，拼凑出一条只有他才能读解的箴言。

"你不能停止追寻，因为你不完整。"他以非语言的方式告诉自己。那个丢失的女人再次用她的面容——以其缺无——和她的体温——以其不可企及——刺激他洪水般的欲望，在他的体内重新燃起了征服虚无的雄心。

俺霍然起身，坚决而又迅猛，仿佛这个动作在发动之先便预期了一次撞击。他拔足狂奔，甩脱了那些因为追逐的本能而跟随他的人，然后在一株梨树底下放倒了自己蛮牛般的身躯。粗重的喘息声就像一股被缰绳勒住的风暴，惊得鸟儿纷纷飞离栖息的枝条，仿佛世界突然颠倒过来，以至于满树的花瓣在一瞬间向天空飘坠。

俺一连昏睡了几天，睡得比一块石头还沉，醒来的时候，正好看到那只瘦骨嶙峋的黑犬，正一瘸一拐地在草丛中追捕一只野狐。后者太灵活了，前者却实在笨拙，它们的游戏是一幕单调的喜剧，全部的剧情只是猎物对猎手的嘲弄。俺悲伤地望着他可怜巴巴的仆从，被它的倔强和它饱受摧残的自尊所打动，几乎有了一种同仇敌忾的感觉。他噏着嘴巴，打了一个又长又响的口哨，那只狼狈不堪的动物先是支棱着耳朵听了一下，然后便仿佛得了特赦，立刻放弃了飘忽如幻觉的对手，扭过身子，一蹦一跳地跑回他的脚边，伏在地上不动了。而那只狐狸也随之停下了脚步，远远地站着，用一种幽怨的眼神盯着他看了一阵，之后便甩着火焰般的大尾巴跳进了草丛里，只几个起落就消失不见了。

由于没有得到其他提示，俺稍微愣了一会儿，就朝着狐狸逃走的方向走了下去。许久以后他将如此对人解释：神掷出彗星，为孤苦无告之人指明了去路。这可真是一趟漫长的旅程！他走着，看到一座座山峰像疲惫的巨人，跌倒在尘土之中；看到大海日渐萎缩，将领土出让给沙漠——仿佛天空厌倦了自己的面容，于是一块接着一块，收走了它遗留在地上的镜子。在他的脚边，无数生灵像雨点一般纷纷降生，又纷纷凋朽，而后消失得无影无踪。终于，俺再一次与人相遇，而此时，那些曾经从他眼皮底下溜走的、爬虫般的符号早已生长、繁殖成为一支主宰性的力量：文字的时代来临了。

如今，人人都会说，还都说得很不错。他们和词语一起繁殖，占满了每一处空地。对于他们来说，表达具有娱乐性质和竞技性质，每一段或敏锐或愚钝，或严肃或诙谐，或妙趣横生或平淡无奇的对话，都像是在舌头和舌头之间进行的击剑游戏。不过，就主观而言，还从未有人想要撒谎，想要嘲讽，想要言不由衷。总体上，当时的语言是纯净的、实诚的，尽管稍嫌匮乏。俺还不会说话，这个沉默了太久的人，心中充塞着无处可去的灵感，就像一条躺卧在地底的黑暗里的，只在自身之中放光的河流。任何一个人，只消看他一眼，便会觉知得到，他的嘴里正在发生什么惊心动魄的事情；他沉默，只因他的舌头实在是一种沉重至极的东西。

问题不是如何学习语言，而是，通过学习，语言终于在何时成了语言。这取决于你何时在你的说之中说出"我要说"。就在那一刻，语言转过身来，在语言之镜中认出自己。

"你叫什么？""俺。""你从哪儿来？""俺。""你是一个人，还是一只鸟？""俺。""我听过一个说法：哑巴是被锁住的人……我很好奇，在你里面有什么非得锁起来的东西……这个危险的东西是疯话，还是真理？或者，是一种舌头的瘟疫？""俺。""我看，你这家伙的嘴巴还不如一个山洞。""俺。""打个赌，如果你还能发出第二种声音，我就把我的一切都给你，我的山羊，我的果树，我的草屋，我的身体。""唵乌哇哈啦哆啰哗呢么了特的……"

在没有语言之前，他根本就不是他自己。那时的他只是一个模具，即便不是全无内容，也只是有些混浊的、疲沓的、泥浆样的质料不成形状地敷在里面。直到有一天，词语开始进入他，慢慢地浇铸成一副新的身体，这个人才终于是其所是——是语言给了他必要的可塑性。先有了这种认识，再看到唵在学习语言和运用语言时表现出的贪婪劲头，就不会感到难以理解了。

是的，他还不是他。这种非同寻常的匮乏赋予他鲸吞一切话语的食力。他在人群麇集的广场上一站就是一整天，竖起耳朵，全神贯注，不放过每个人讲的每句话。天黑以后，还要整夜使唤他打赌赢来的那个女人，为他行这种口舌的苦役。终于，第一个里程碑出现了：名词的星丛率先点亮了理智的天空。那是一个傍晚，他抚摸着一直追随他的那只忠诚的黑犬，微笑着对它说："从此以后，我会称你为我的'影子'。"

令他分外着迷的是一种全新的感受方式。过去，他看见也听见，但他的感性经验就像这样的一种建筑：没有门，没有窗，没有台阶，没有屋顶，什么都没有，只是将石头垒成石头，只是堆积，没有转变，没有引申，没有任何附着物，人的劳作并未制造任何意义。而现在，他继续看见，继续听见，但他要通过堆砌它们，形成一种不是它们自己的东西。他需要的是一个庇护所，是一种对于空间的规定，石头本身不再重要了，甚至常常，石头干脆就消失了。

他一边听别人说，一边学着自己说，本以为只需要在一种发音和一事一物之间建立关联就行了，没想到这个过程其实复杂得很。先是一个人指着一样东西说："红色。"接着，另一个人指着同一样东西说："血。"第三个人："伤口。"第四个人："牙印。"第五个人："手臂。"第六个人："惨啊。"对于他而言，被一只狗狠狠地咬了一口之后，只有疼是真实的，在大叫一声"疼"之后，他便陷入了迷惑。语言将他幻化为一块棱镜，以数不胜数的面向折射每一件被他体验到的事物。但并不能说，他就此获得了一种多角度的、更全面的认识能力，他只是将一件完整的实物拆析成层层叠叠的、光怪陆离的复合影像：他看不清它了。

这一领悟让他识得了能言善辩者的无知，正因如此，他轻视语言的工具价值。但他仍然爱说话，热衷于这种舌头的舞蹈。

他发现了语言中无处不在的缺漏，且无能修补，也无意修补，相反，他发现语言的魅力正在于此。作为一件符号的织锦，语言不揭示事物，不遮蔽事物，更不替代事物，它只是勉强将赤裸的世界包裹了起来。起初，他只爱看织锦上繁复多样的纹饰，但很快就嫌其粗陋单调，转而将目光投向那些漏洞，在其中，事物暧昧难明的局部被筛显出来。这些边边角角以一种利刃般的冷峭，拒绝并嘲弄了语言。你看着它们，却不能说你看到了，面对它们的时候，你是完全盲目的。它们只是一些根本无法理解的光芒，像星辰，像旋涡，像眼睛——透过语言，事物在凝视我们，这真是一个令人战栗的发现。

此后的数月时间里，随着他的耳朵像熟悉风一样，熟悉这些同类的鸣叫，随着他的舌头像一头倔强的野兽，一寸一寸地被驯化，唵才慢慢地对自己和他人显露出真实面目：一个语言的信徒，一个语言的仆从，一个诗人。他发现，一只迷恋形容词的鸟在他的咽喉里筑了巢。许多美丽的句子经由他的声带被喷溅出来，宛如烟花。这些句子的迷人之处恰恰在于它们无须为任何事物负责，它们是自由的。而事实上，它们的自由并不是一种主动的选择：它们被放逐了——当语言一股脑地被投向事物的时候，撞在镜子上的，即掉进那些会发光的漏洞里的，会被事物反掷回来。

这里出现了一个难题：究竟是谁说出了这些句子？有几个截然不同的答案。首先，可以说是唵，毕竟喉咙是他的，舌头也是他的，那些像船一样载着语言在空中漂流的声音出自他的身体；但也可以说是事物借俺之口说出了它们；甚至还可以说，谁也没有说出它们，毕竟这些句子才一出口就成了无主的东西，没有约束，无所归依。他们，俺和事物，都参与了说，但同时，他们又都沉默着。像这样流浪的句子越多，越是鼓噪，世界就越发寂静。

"许久以来，你和我，我们都在等待今天，等待这个傍晚，等待这一刻。"有一次，从广场回来之后，俺对他的女人说，"许久以来，你迫切地想要了解这个远道而来的男人，而事实上，我与你有着同样的渴望……我对自己的过去一无所知，好像自己才刚刚出生……如今，我一边学习语言一边钻研记忆，终于攒齐了足够多的词语，搓成一根结实的绳索，捆住自己，悬吊在往事的深渊之上……现在，我把绳索的这一头递到你的手里，来吧，抓紧一些，慢慢地把我放下去……在那下面有我俩都期待的东西：一幅我的肖像，一部我的自传。"

"好吧，我明白你的意思。"她说，"第一个问题：你叫什么名字？"

"我曾经有过名字吗……即使有过，你有必要知道一头野兽的名字吗……如今，作为一个人，我确实需要一个名字，一个真正的名字……名字对于他人的意义总是大过对于自己……不如，你来给我取个名字吧。算是一个礼物……不不不，我不需要你的礼物……我把给我命名的权利送给你，作为一个礼物。"

"那么，我就叫你荷犀吧。"她突然放声大笑，笑声既像打嗝，又像抽噎。

"什么？为什么？"他伏在她的身体上，喉头咕嘟咕嘟直响，冒出粗重的、浑浊的喘息声。

"你的皮肤冰凉、滑腻，让我想起那种生长在水中的植物，而你的身体……啊……让我联想到一头长有一根独角的，沉重得像座小山一样的动物……那么，第二个问题：你从哪里来？"

"那是一片比夜晚还要黑暗的土地。"荷犀闭上双眼，沉入记忆。他看见无比渺小的自己在巨大的、令人恐惧的事物之间穿梭，像一只惊慌失措的蚂蚁，不是依靠机智或者敏捷，而是纯粹靠着幸运躲避随时可能从天而降的灾祸。但令他深感意外的是，从这可怕的、噩梦般的情景中竟然潮水般地涌出阵阵甜蜜。他痛哭流涕，浑身抖个不停，紧紧搂住怀里这具赤裸的身体。他并不悲伤，他的泪水只是一种原始的，在语言出现之前的表达。他开始给她讲故事，一股内在的音乐透迤蛇行，游弋着、旋转着，将他所掌握的一系列关于荒芜、野蛮、冲动的词汇串联在一起。

故事起始于一个静态的画面：一帮巨神仰躺在天地之间。他们的姿势给人以一种不可撼动的印象：仿佛从最初的最初便是如此，到最后的最后仍将如此。但他们的眼皮已封不住目光，他们的手脚不自然地蜷着，他们皮肤被力量撑得鼓胀起来……一些诸如此类不易被留意，但十分明显的信号在反复指出：他们快要醒了。甚至，他们的沉睡也许本就是伪装。他们小心翼翼地将肉身之火捂在幽暗的脏器之间，只因自觉并无十足把握启动如此庞大无匹的肉体。

如若这便是永恒的逻辑，那么永恒不过是一种悲剧性的懈怠，它将整个世界窒息在自身的可能性之中。

"然后呢，"她问，"接下来发生了什么？"

他没有回答她，故事的其余部分与故事里那些卵中的神灵一样，黯淡的夜色早已遮不住他们伟岸的身躯，但破壳的时机仍未到来，仍然必须等待，等待曙光的怀抱将他们孵化出来。他明白，对于那些雄心勃勃的，打算合军出征，去攻占一个又一个头脑的词语来说，在战略上，舌头实在不是什么可靠的后方，不提供补给，也不提供庇护，从不为候鸟保留它们的巢穴。话语一旦从舌尖起飞，便绝无返回的可能，它们赤裸着，被抛进虚无，只能慢慢淡去，直至消散。只有那些流云般的，轻生的词语，才乐意接受这种转瞬即逝的命运。

这时，荷犀的使命在心头浮起，他一边感到振奋，感到一种升华的力量，一边又深知这些都是假象。他想：使命感、荣誉感或任何"意义"的装饰物，都是词语为了病毒式的繁殖而操纵人心的策略和手段。他不反抗，他顺从。他靠着这种顺从来接近美，但他不会止步并沉迷于自命不凡的欢愉。在他看来，美是一道带刺的栅栏，阻隔在日常生活与那些恐怖的事物，那些不必有所行动，仅仅以其带给我们的震惊便能雷电般地击溃我们的事物之间。每每在一阵冲刺之后，他带着魂飞魄散的决心，向着美猛扑过去，却从未能越过它，只能在一次或轻或重的撞击之后撤回脚步，对着挂在刺上的血珠凝视片刻：这种采自他身体的晶莹，便是美给予他的全部馈赠。美庇护了他，使他免于毁灭，但那些被美拦在身后的，威胁着他、诱惑着他的凶狠的东西并未就此消失。得到鲜血的激励，它们在不断地向他逼近。

为了给词语续命，荷犀开始着手研习一种制造和保存"痕迹"的技术：他写字。但往深里说，之所以打算记录那些值得记录的词语，即那些美的词语，究竟出于何种目的，对于他自己也是一个谜题。"痕迹"帮助他制止了美的隐退，每一次，在美现身之际，他总能在电光火石之间采获吉光片羽。长此以往，美的形象终将在他一笔一画的描绘之中呈现得越来越清晰，越来越完整。但美终究是无形的，他看到的其实只是自己的血迹，而这些他以生命挥洒的红色露滴，终会诱使那些来自黑暗深处的猛兽，扑倒美的藩篱，将他撕得粉碎。最为荒谬之处在于，荷犀并非对此一无所知，相反，他心底十分明白。只不过危机越是巨大，距离他越近，那种受到庇护的满足感也就越强烈，越令人陶醉。他无法抗拒，并暗自期待着，期待在万劫不复的瞬间，能够抵达幸福的顶点。

那个年代，世间满是执迷于这种特殊痕迹的人：他们是追猎、捕捞文字的猎手和渔民。他们的手边总少不了两样东西：痕迹的施予者和痕迹的承受者，主动者和被动者，雄性和雌性。它们有时是树枝和泥板，有时是骨刺和蒲叶，有时是木炭和树皮，有时是虎牙和冰块，有时是锋利的石刀和牛骨、龟甲、竹片，有时是手指和情人的身体。荷犀使用的工具十分特殊，他总是随身带着一小罐藏红花的汁液，一根在三月折得的柔软的柳枝，一沓纤薄的羊皮——将一块晒干的皮子从侧面层层剖开，至少七十等份，才可能得到这种近乎透明的薄。

真该看看她为他制作这些羊皮册页时的模样：只见她手执小刀，神情专注、平和，动作优雅、迅捷、精确，双手如一对嬉戏的白鸽在空中翻飞。呼应着她的动作，一层层轻若无物的薄膜从羊皮上被揭下来，仿佛它们本就彼此分离。由于实在太薄，有时你并不能看清它们，只觉得在一瞬之间，她面前的空气似乎出现了一排叠浪般的褶曲。至于那块正在被剥削的羊皮，你看到它在逐渐变淡、逐渐模糊、逐渐丧失实在感，变得像一片笼罩在桌上的奶白色的雾气。再后来，连雾也散了。以柳枝蘸了花汁，在羊皮上写字的时候，荷犀有如在面对流水。抖腕间落下来的那些赤红丹朱的笔画仿佛是直接写在空中的，只需有些微的气流，它们便能驾着波纹般的动势御风而行。

将所有这些薄如蝉翼的羊皮之河叠在一起，便得到了一本空白的字典。荷犀每天都随身带着它，四处闲逛，在万物的皮肤上寻找那些跳蚤般的字，在那个遥远的夜晚，他曾亲眼见到它们从迷宫般的母体之中逃逸。他写满了一本又一本羊皮册，直到有一天，发觉它们的数量已足够让他继续并完成那个巨人与神灵的故事。

"终于，第一道光芒划开了巨神们紧闭的双眼。"他写道，"由于太久未曾张目，以至于脸上仿佛被割出了两道伤口，一点微光也会令他们疼痛万分。他们竭力抗拒，使劲闭合眼皮，以至于整张面孔被扭曲成一个古怪的、愁闷的、痛苦至极的模样。他们蜷曲肢体，想将自己缩小，以便留在浓稠的黑暗里，但那光就像混沌之海中的第一条白浪，不断扩大、不断趋近，逐渐汹涌，变得势不可挡。他们不得不醒来了。当这些神灵颤抖着撑起自己赤裸的身躯，一种无所适从的绝望使他们痛哭失声。这便是最早的创世之音，充斥在天地之间，推动着清气上升、浊气下沉。这些歇斯底里的哭号从未停止，只不过被不断扩张的空间逐渐稀释，到如今，已经不可能再被听到了。"

这也许是第一个被写下来的故事，栖身在诗人荷犀的羊皮册里，被他紧紧地攥在手上。他正一路疾奔，向着那个一直在等待他的女人，勃发的情欲使他胸中起火、足下生风。猎字的生涯实在太过漫长，他已许久未能与她相会，此刻，荷犀的头脑被幻想占据。他想象着他的这些文字能够成为最佳的调情工具；想象着溢出于字里行间的残酷诗意像一些有形的，类似火苗一样的东西，在她的身上撩拨春情，使她难以自抑；想象着恐惧冲垮快感的堤防，叫她在他面前以彻底崩溃的方式毫无保留地献出自己。事实上，他对她的渴望已经到了失控的程度，以至于他一心只想把她生吞活剥，甚至将她撕得粉碎。可是真到了见面的时候，他却被她吓坏了。

可怕的不是她，而是发生在她身上的事情。一系列不可思议的剧变，叫她成了世界上最不像她自己的东西，成了与她自己完全相反的东西，成了对她自己的否定。她正在枯萎，正在腐烂。她并未活着，却也没死。她头顶的发丝形若野草，已经所剩无几，纠结在一起，仿佛被焚烧过一般，呈现出一种令人恶心的灰白色；她的脸完全蔫掉了，皮肤像晒干的泥土，布满纵横交错的裂纹，头骨的轮廓清晰可辨，血肉向着所有的孔窍塌陷下去，形成了几圈环形的、放射状的褶子；她神情呆滞，嘴角淌着口水，所有的牙齿都不见了，仿佛白色的星辰消逝于生命的午夜。现在，她那合不拢的嘴里充斥着一种深不可测的，远非一个人所能容纳的黑暗。

当她勉强撑起身体，像一棵畸形的、张牙舞爪的树一样站在他面前的时候，他禁不住后退了一步，全身都在止不住地颤抖。"荷犀，"她嘶哑的嗓音仿佛一阵伤痕累累的风，"我给了你这个名字，还有我自己。"他大叫一声，掉过头没命地奔逃，一连跑了好几个日夜，直至筋疲力尽。

他被一个噩梦绊倒在地，跌进了睡眠的深谷之中，开始了缓慢的、仿佛永无休止的下坠。而他的结局，即触底的结果无非两种：要么死去，要么醒来。

四 英雄

　　有一阵子，荷犀以为自己已经死了，但随后便意识到自己其实并不理解死。作为人的源头，他尤其无法理解人的衰竭。当那个女人以如此触目惊心的形式给予他这种全新的教育，当这种教育经过短暂的蛰伏之后，终于在他的血液中生效，他开始在梦境中重新整理记忆。懵懂的海水在缓缓退去，原本如岛屿般彼此远离的事件和形象，在逐渐展露的海床上连成一体。只对这块苍白的新大陆轻轻地瞥了一眼，他便立刻了悟时间的魔法，懂得了如何辨认它在肉身之上潜行的踪迹：一切光明的事物都将不可逆转地走向自身的反面。煤炭是死去的水晶，洋溢着活力的芳香化作生命湮灭之后的焦臭。他明白了：世界是圆的，在漫长的环状旅程之中，他与每一个人都有两次相遇的机会。第一回遇见的健康明媚的少年和第二回遇见的佝偻着身体、丑陋如妖魔的老人，是一条瀑布的顶端和底部，是同一处风景的早晨和黄昏，既完全相反，又完全相同。

存在的两种性质，一种顺从时间，另一种叛离时间，很难说哪一种更为抽象。生命之河因此被分为两股逆向的水流。请听一听它们彼此反对的吵嚷声吧！其中一个不断地对上一个时刻说"不"，另外一个则永远重复着说"是"。前者生变，后者守恒。除此之外，还有另外一种状态，一种完全不可见的状态，只有一个瞬间，只在一个临界点上，曾为他所目睹。

那是多年之前，天空被一朵伟大的乌云，一朵石头乌云所占据。回忆无法准确告知他，那时的黑暗究竟出自一个真正的夜晚，还是出自那朵云的阴影。不周山，他想起它的名字，同时也想起自己曾就着火光，观看地上的某样东西：那囊括万物的字，那唯一的字。这是一个活着的字，一个会发出痛苦的尖叫的字，它的全部线条似乎都在做同一种可怕的、悲剧性的运动：撕扯自己、粉碎自己。这是一个复杂无比的字，根本无法看到整体，即便只专注于某个局部，也会在一次眨眼之后彻底失去它。它仿佛是天上那朵庞大、沉重的乌云在地面上的对应物，依照某种神秘但精确的法则被投射下来，两者都有一种夺魂摄魄的，必将遭受天谴的魅力。具体地说，那是一种睥睨一切之物的魅力。

荷犀记起了一切——其实他始终记得，只是直到此刻才有了使记忆成为记忆的能力。他记得自己当时蹲在天地之间一道过于广阔的缝隙里，时而看看地上的字，时而望望天边的山。然后，在毫无准备的情况下，见证了两大包罗万象者的瓦解。

伴随着一阵惊雷，不周山在缓缓倒下，就像一个在透过眼帘的微光中渐渐消融、垮塌的梦境。它太大了，大得仿佛拖住了时间，以至于再迅速、再剧烈的运动也显得很慢。他看到，山的边缘有些像雨点一样的东西，扑扑簌簌地落下，仿佛是山的轮廓在自行消解。很久以后，当他看到那些被气流撕裂的躯壳、那些扭曲变形的肢体、那些破体而出的骨头、那些泼溅在山岩和河滩上的血肉和内脏，才明白从天而降的是攀在山上的动物们：猴子、麋鹿、野兔、狐狸，还有人。而在当时，被凌迟的大山发出阵阵哀鸣，掩去了其余一切声响，他没有听到星球的巨拳碾爆肉体的重击：悲剧从始至终都在静默中上演，犹如冬夜的一场大雪。

与不周山的崩塌同步，地上那个宏伟的大字也在急剧地衰变，在摇曳不定的火光映照下，它的内部仿佛血池翻涌。毁灭和生成在一齐搅动，在中央形成了一个吞噬一切的旋涡。所有的意义都被驱散，只余下一团混沌。混沌，本就是被意义离弃的空巢。他凝视着它，在丧失意识之前，几乎读出了那个字，那个滞留在旋涡中心的字，那个被虚无纳入其中，并且在虚无之中激起一串涟漪的字，那个最后的字：死。

他一连躺了几天几夜，不断地做梦，在梦里不断地轮回，直到领会了那些他未曾经历，很可能也永远不会经历的事，直到参透了那些变化的霹雳手段。连日以来，他和他的影子依偎在一起，直到它因为耐不住饥饿，迎着一道霞光咆哮起来。他醒了，眼眶中饱含泪水。此时，他已经忘却了他的梦中之死。空空荡荡的悲伤虽然仍在冲刷他的面容，却已化作一个纯粹的生理事件，只让他头脑发蒙，着实愣了好大一会儿。

随后，牵着他那头如潮水一般每天涨缩两次的黑犬，荷犀重启了他的漫游。不周山早已寸绝，天壤之间失了榫卯。带着这一认识，他再次审视被阉割后的土地，重新理解了它耻辱的丰腴。

一种补偿性的、生长的欲望催发了新的繁荣，层林叠翠、草木葳蕤，大大小小的野兽在其间上蹿下跳、躁动不休，像一些急于摆脱毛皮的囚徒。它们在光与影、真与幻、有名与无名之间闪烁，对于他，它们是眼睛对舌头的美妙挑衅，只能观望，不可言说。然而，最为神异的还要数另外一种活物：那些在旷野中流浪的、无主的字词。这群无形的向导从他身旁掠过，却不真正远去，而是隔着一段极为适于诱惑的距离对他低语，引他频频走近那些串缀于山川和莽原之间的人迹。它们仿佛随风飘送的种子，落在有人的地方，之后便像船锚一样扯住人的舌头，将人拴在地上；它们将渴望生根的意志转嫁于人，将他们变成一种以木头、黏土、石块，以及抽象的几何原则画地为牢的动物。

"人们居住在自己的语言之中。"荷犀轻叹一声，走向耸立在他面前的新型家园：那是一座由高墙包围的城市，有如摆在空地上的一只石头盒子。

走进去，满眼只有前所未见的拥挤，围墙之内充斥着人的体温。衣衫褴褛的他立刻暴露在一股避无可避的热浪当中，但真正灼烧他的是从四面八方袭来的目光。他被人们的惊异，以及惊异背后不乏善意的残忍驱赶着，躲进了他们不愿涉足的角落，与乞丐、残废和畸形为伍，蜷缩在城市生活的褶皱之中。然而，阴影擅于包容，不论好恶，对藏身其中的一切一视同仁。在阴影中，虽然会滋生可怕的瘟疫，却也有一种创造性的懒惰在酝酿着。他遇到了几位沉思者，他们的脸被胡须淹没，他们的身体被削弱至一种几近于无的极简状态，但在荷犀看来，他们的头颅像硕大的蜂巢，被纷纷扬扬的奇思妙想环绕。他加入了他们。

不同于那些和鸽子抢食的无赖，荷犀和他的同侪以一种他人难以理解的高傲为生。施舍只会招致他们的诅咒，同情只能换来他们的嘲笑，而因为他们的瘦弱已经成了一种奇观，他们的饥饿则被当作一项伟业，他们便荒谬绝伦地赢得了人们的敬仰。人们给他们献上供奉——极为微薄，但已绰绰有余——像守护神龛上的烛火一样守护他们的呼吸。其实，他们并不吝于倾吐心声，但知音难觅，世人皆愚，即便他们的口舌如不竭之泉，不断地喷洒琼浆玉露，也只是在给石头种子浇水。

面对一片荒芜的土地，天空宁愿缄口不语。

荷犀是一个例外，他和他的那些巨人的故事可说是专为榆木脑袋准备的。故事里没有真理，只有一些在肉体与肉体之间发生的事件，再加上几组至为简明的对比关系：大的和小的、强的和弱的、胜出的和败亡的。

在巨人的面前，人们都把自己当成孩子，所以巨人无非只有两种：慈威并济的父亲和虎视眈眈的邻居。前者爱人，对于这些渺小的生物怀有一种夸张的热忱，把全部的力量，甚或生命都用来拯救这些无法拯救，也根本不值得拯救的蝼蚁。他们的善行并不合乎理智，几乎是一种自轻自贱，说是自甘为奴也不为过。后者恃强凌弱，完全信奉丛林法则，对于他们来说，人有时是一种食材，有时是一种擅长欺骗和偷盗的鼠类。他们杀人，或是为了口腹之欲，或是为了避免可能遭受的损失。在人的时代来临前夕，两者殊途同归，作为人的恩亲和仇敌，走向了各自的末日。

时不时地，他便会出现在街头巷尾，对围观的人群讲上几段，以人们喜闻乐见的腥风血雨博取几声惊叫和叹息。从一座城市到另一座城市，人一茬一茬地出生，又一茬一茬地死去，故事总是那么几个，听众却永远都是新的。每到一处，他都要改掉巨人们的名字，就像一丝不苟的骑手在每一个驿站都要给他的马匹更换鞍具。他们有时叫普罗米修斯，有时叫夸父，有时叫盘古，有时叫伊米尔，有时叫安纳那奇，有时叫歌利亚或是波吕斐摩斯①，他们被故事的烟雾包裹着，半遮半掩，露出几截岛屿般的身体。

他坚持私有的、即兴的命名原则，将蛇称为一种生满鳞片的河，将斑马称为一种由夜与昼绞合而成的双股动物。他依迷人的宗旨重塑世界，让乌有之物成为实有，将实有之物化为乌有，有时，他将它们统统填入现实与幻觉之间的空隙，制造出一串比岩石更加坚固的泡影。这种奇妙的语言赋形能力为他赢得了诗人的声名。

————————

① 伊米尔和安纳那奇分别为北欧神话和苏美尔神话中的巨人，歌利亚和波吕斐摩斯则分别出自《圣经》与《荷马史诗》。他们无论善恶，在轰然倒地的时刻，均以其牺牲成全了人类的伟业。

而他本人十分清楚，诗人是一种稀有的媒介，犹如彩虹，是应人们的仰望而生的一种悬挂在高空的饰物，是一座以越出苍穹之外的弧度架设在感受世界和思想世界之间的拱桥。在感受的世界里，只允许美的存在，眼中的色彩、耳中的声响、手上的触感，无一不美，有的只是饱满与空乏之别；而丑作为美的否定，只会在思想的世界里出现。与之类似，在感受的世界里，饥饿、寒冷和疼痛，都是具体的现象，是碎片化的、一次性的，不会彼此叠加或彼此覆盖；在思想的世界里，作为一种合成物，苦难却是一种抽象的意识，是本质的、绵延的、不可中断的，是一种无法治愈的恶疾。

他如此理解自己作为诗人的职责：在美和丑之外，设立一种新的尺度；抬起那些俯伏在苦难泥沼中的头颅，帮助他们将目光转向纯净超然的高处。正因如此，与那些沉溺于思想的、肌肉萎缩的、厌世的智者不同，荷犀喜欢站在阳光与阴影之间，让自己像一个只解开了一半的谜语。有一次，他在一株橄榄树下歇息，听到一个英武过人、俊美异常的年轻人和一位住在木桶里的大胡子思想家之间的对话。

年轻人："我有什么可以帮你的吗？"

思想家："走开。"

年轻人："相信我，我是一个盖世英雄，拥有能够改变世界的力量。告诉我吧，你需要什么？"

思想家："失敬了……但……请走开，别妨碍我晒太阳。"

年轻人转身离开。看得出来，他沮丧极了，起先似乎怒不可遏，冷静下来之后却又变得心不在焉，甚至有些步履蹒跚。仿佛不是强健的双腿，而是那个灰溜溜的、落空的志愿在架着他走。荷犀叫住了他："请等一等，你刚刚只是找错了人。要知道，你不可能得到一个否定者的肯定。"

"那么您呢？您是一个肯定者吗？请问，您需要我为您做点什么吗？"

"那要看你打算做什么，你打算叫人死，还是让人活？"

"您的话高深莫测。我是英雄，是像太阳一样炽烈的人。我能让人死，但死人的嘴巴不可能宣扬我的功绩，我当然想让人活。"

"我们每个人都是一棵行走的树，头顶停栖着一只看不见的鸟，它的爪子勾连着我们的魂。鸟落下来，我们便活了；鸟飞起来，我们就死去。要轰走一只鸟，总是很容易；但想要让一只鸟长久地留在巢里，那可就难得多咯。"

他们一起沉默了一会儿。正午的太阳翻了个身，猫着腰躲进了一座由圆柱和拱顶组合而成的，简洁但宏伟的神庙。每个城市里都有几座这样的建筑，黎明时分，它们会率先撑开城市的眼皮，再把城里的其他房子挨个叫醒。这些体形巨大的石头公鸡往往站在地势较高的所在，成为一种粗放的计时工具，人们会说，你瞧啊，塔尖左边有半颗太阳，所以现在是上午；等另外半颗太阳从塔尖右边露出来，那就是下午了；如果一整颗太阳都出现在塔的右边，那就说明傍晚已经来临。这时，橄榄树的影子像一头黑色的山羊悄无声息地越过他们面前的小路，一口吞下了蹲在路对面的小贩——他正摆摊出售几只剥了皮的、玫瑰色的兔子，因为无人光顾而恹恹欲睡——接着，便如同没有牙齿的老人，艰难而徒劳地咀嚼着。

"啊，"年轻人恍然大悟地说，"您是在提醒我，擅用力量的人不仅看重力量的强度，更看重对力量的控制与拿捏。就像御风的神灵，既可以冷酷，也可以温柔。"

"……"

"那么……您是说……力量总是破坏性的，只有爱才能让那只鸟留下？"

"离题太远了，英雄。坦白说，你渴望的荣誉只有一种获取途径：以死亡胁迫人们承认你，让他们出于畏惧而歌颂你。因为你只能夺人性命，没法给人性命，所以你必将杀死一些人，然后，那些没有被你杀死的人便因为你的不杀而得到了一条性命。换句话说，人们需要的不是你的作为，而恰是你的不作为，但你怎能什么都不做呢？什么都不做哪来什么荣誉可言，又算什么英雄呢？所以你得做，你得通过剥夺一些人的生命，让另一些幸存的人感觉自己受到了特别的眷顾，然后他们就会感激你，给你至高的荣誉。"

"难道就不可能有绝对善良的英雄吗？我知道这可能有些女性化了……但难道就不能做一个绝不使人感到畏惧，只会让人想要亲近的英雄吗？不杀人，只救人……这一定是做不到的吗？"

"你打算怎么救人呢？那些雄健的、水流充沛的河不需要你，你不能再给它们增添什么了；而那些干涸的河……你打算给它们的河道注入第二股水流吗？即使你成功了，这条新的河流还是原来的那一条吗？"

年轻俊朗的英雄对他一揖到地："尊敬的诗人啊，您的语言既美妙又晦涩，让我既愉悦又悲伤。我得承认，您说的话，我压根儿就听不懂，但我一向认为，听不懂的道理才是宝贵的道理。"

"好吧，你看上去真心实意……那么……现在让我回过头去回答你的第一个问题吧。我是一个诗人，史诗里可不能没有英雄，我需要你的故事。"

从那以后，年轻人常常会到果园旁边探望荷犀。在诗人的眼中，这个勇武的青年身背两个帝国的版图，其中一个供活人居住，另外一个则位于尘世的背面，专门用于安置幽灵。他观察到，这具由力量和理想扭结而成的身躯兼容了两套完全相反的月相：他的肢体一日赛一日壮硕，而他的心神却又一天比一天消瘦。这个风华正茂的战士长年累月地披挂着一身盔甲，似乎一心只想变成一个铁人；他的披风上落有数十种色泽各异的尘土，相应的，在他的眼神里可以找到同样多的，来自异域的悲伤。

他对荷犀讲述自己的故事。这个故事是他在自己心里建成的另一座宫殿：宫殿的地上铺着长矛编织的地毯，四壁回荡着一支由马蹄踏出的乐曲。他邀请诗人和他一起躺在殿堂中央，抬起头，欣赏他回忆中的那些熊熊燃烧的国度。在它们的天空中飘浮着一种模样像眉毛的黑色柳絮，常常使他流泪。

他的孤独是一件华丽至极的牢笼。有时，他用它来驯养猛兽，诸如鬣鬃灿烂如赤金的雄狮、皮肤坚实如黑铁的犀牛和花纹繁复如星图的巨蟒。有时，他用它来收藏那些既美丽又怪异的奇珍：来自深海的明珠，将之带进任意一个或大或小的空间，它的光辉便会四下流溢，如同人的理智，抵达所有的角落，清除每一道阴影；来自沙漠的陨石，假使阳光恰到好处，它便能在午后的花园中召唤另一个世界的蜃景；来自高地的香料，它的气味对于诚实的人是一种至高的享受，对于奸诈的人却是一种难堪的折磨；还有一块来自东方的地毯，上面织有一种精确的、玄奥的、似乎能在凝望着它的眼睛里无限繁殖的图案，其中包含着一种可以用于切分整个宇宙的几何原理。在他的孤独里，有时还装着那些骁勇的卫兵、娇媚的阉人、健硕的黑奴，以及那些能够化出绝美妆容的女子——她们总是傍着镜子，就像居住在一面注满了自己倒影的湖泊旁边。对于他，他们十分具体但并不真实，他们只是他化身为人的欲望。

从蛮牛奔腾的莽原，到堆满鸟蛋的岛屿，他的领地包含了地质和生态上的每一种可能，但在其中，他却找不到一个最终的去处。这是他在许久之后才发现的：他在活人的土地上征战，为的却是寻摸一个死后的居所。他尊崇祖先的荣耀，热爱石碑上的那些宣言式的、令活人无力反驳的铭文，在他看来，墓场并非埋葬尸骨的荒地，而是遍植英魂的良田。但是，他孜孜不倦的自我纪念又能为自己收获些什么呢？成群的乌鸦在头顶盘旋，仿佛祖宗们的灰烬在肆无忌惮地嘲笑他。

英雄与诗人的最后一次见面发生在深秋。还是那条小路。还是那棵橄榄树：它骄傲、偏执，多年以来一味地沉迷于与风嬉戏，仿佛一个被锁在原地的骑士追逐着一条透明的龙，满地落叶，都是被它掰碎了投掷出去的自我。就像一朵乌云刚刚卸掉了雨水的重负，此刻，它露出了纤细的、轻若无物的骨骼。年轻人如今已难言年轻，他的身上集齐了所有年龄阶段的特征，包括孩子的笑容，老人的眼神和青春永驻的臂膀。他来看望诗人，身披华贵的睡袍，满身酒气，以一种过去从未有过的快乐音调跟他告别。

他说："我曾经以为生命是一种单线的流动，每一刻的选择都是决定性的，都将对生命的流向产生不可逆转的影响，既然立志成为英雄，就只能实践一个英雄的一生。直到最近，我才发觉自己拥有一种双重生命。就好像在同一条河道上下有两条河在奔流，它们充当了彼此的镜像和彼此的阴影。要注意，并非其中一条总是在暗处，另一条则总是在明处，两条河流之间也并非总是界限分明。正如我们都了解的，天上其实有两个月亮，一个是金色，一个是黑色，它们通过相互进入、交叠，然后再分离的运动制造出人们眼中的阴晴圆缺。同样的，在我的两种生命之间，隐秘的交换与融合一直都在悄然发生。它们一个是驰骋天下的英雄，另一个是住在木桶里的哲学家。

"在你我相遇之前，后者一直在暗地里流淌，以往从未被我察觉，但在那天之后，它却渐渐从地下渗出，涌入我的英雄生涯之中，与其交织难解，成为一种温和但难以对抗的否定力量，一点一滴地浇灭了血液中的骚动。它的水势越来越浩大，相应的，那原本的生命主流却越来越衰弱，这股后来居上的水流竟然慢慢地挤占了整条河道。

"时候到了……就在此刻，就在此地……我宣布退出金戈铁马的人生。从今往后，虚无不再是我的敌人，而是我的朋友。我认为，这是我有生以来做出的最为英勇的决定。现在，终于可以回答你问我的那个问题了：一条干涸的河道不需要任何外力的灌注，它本就拥有自我更新之能，只消在两岸之间翻一次身，就能释放出原本被压在脊梁底下的第二股水流。相对于那条旧的河流，这条新河既是另一条，也是同一条……所以，我明白了，我能够全权掌控的唯有我自己的生命。凭借着一种内在的、绝不向外溢出的力量，我能让它死，也能让它活。"

英雄再次对诗人一揖到地，然后转身离开，迎着悄然掩至的黄昏，加入了那些在厌倦之中骤然黯淡的事物之列。诗人目送他，一个薄如轻纱的世界尾随他，像潮水一般，从夜晚的黑色滩涂上缓缓退去。

几天之后，城里的人们都在议论同一个话题。所有人都已得知他们的君主，他们所向披靡的领袖死去的消息，但关于死因却说法不一。有人说他死于决斗，有人说他死于暗杀，也有人说他死于一次自相矛盾的尝试：每个人都知道他是半神，拥有不死之身，同样的，每个人也都知道他战无不胜，能够毁灭一切生灵，那么，一个谁都杀得死的人能否杀死一个谁也杀不死的人呢？想必他自己也想知道答案吧。诗人荷犀并未参与那些发生在广场上和庭院里的争论，他背起了他的羊皮卷，穿过交换意见和唾液的人丛，离开了这座城市。英雄的故事将继续在他的诗句里流淌，木桶里的生命宁静、圆满，只在永恒的沉思之中持守自身。

英雄，一个文学概念，只在故事中存在。而战争，英雄的舞台，是故事对现实的入侵。它迫使人们从日常的自我欺骗中扭过头来，直面肉身的脆弱和短暂，因而具有极端的真实性；但同时，你还会在战争中发现一种幻影般飘忽的特质……当两名手持利剑和圆盾的战士义无反顾地冲向彼此，两者的形象完全对称，远比孪生兄弟更为神似，仿佛在他们之间具有一种普遍存在于镜子内外的映射关系——因此，战斗的结果远比生死更为要紧：对决的双方将决出他们哪一个真实存在，哪一个只是镜中的虚影。

以此而论，战场上常见的"惺惺相惜"，其实是另一种"顾影自怜"。这种死敌之间的亲密，暗含着一种以致命的冲撞打碎镜子，释放自我的企图——日常状态下，人们面对镜子，就像是面对动物园里的玻璃笼子，他们无法观照自己在镜子以外的在场，他们的肉身是没有面目的，他们的形象是镜子的囚徒。值得注意的是，越是英勇的战士就越是相像，似乎勇气源自一面巨大的，像雾一般在战场上扩散的镜子，一个附着在荣誉感之上的幽灵，而胆怯、懦弱和虚无主义则会驱散这种随着硝烟四处蔓延的同一性，使人退回到自身的个性当中。英雄是战场上的悖论，他要在这种同一之中成为独一，要在个性的泯灭之中实现个性。从一开始，他便是一个从日常生活中越狱的幻影。无所谓生存或毁灭，通过杀戮，他让自己变得真实；他撤掉了所有的镜子，只在虚无中掘取他的勇气。

英雄之所以成为人之巅峰，其理由与死亡之所以成为生之巅峰等同。换句话说，英雄一路攀升，走到了人性的极致，而在道路的尽头，那不可避免的转身又使他站在了人性的反面。在作为一种文体的历史中，战争失去了肉身的直接性，反而带有一种近似于棋局的沉思特征。英雄发现，他拼死抵抗的抽象终究还是会征服他——一直以来，他以他人的死亡填充自己的生命，但在文本中，他的一切所得都将被彻底清空。所有的英雄都有同样的故事……说到底，所有的英雄都可以是同一个，无论在西方或是东方，无论他的名字是亚历山大、忽必烈或是拿破仑……当他面对镜子，镜中只有一片模糊，弥漫着历史的烟云。

五 预言

　　有一回，荷犀发现，那头一直追随着他的黑犬正在模仿他。那是一个雨后初晴的早晨，他半睡半醒，从前晚栖身的山洞中爬出来。格外慷慨、格外友善的阳光带给他一阵猝不及防的快乐。他感到自己的眼睛消融在一股带有痛感的暖意之中，化成了一大摊水。

　　有好一会儿，他只顾着眨眼，一个劲儿地扑闪着他的睫毛，像一只在湖心拍打翅膀的天鹅。忽然，他看见他的那位黑色同伴倚着附近的一棵白桦坐了起来，姿势和他一模一样，紧接着，还以与他完全同步的动作，缓缓地放下了刚刚揉过眉眼的右手。荷犀先是愣了片刻，随后哑然失笑。他这才想到，对于这位与他再亲密不过的朋友，他实在所知甚少。过去，荷犀压根儿瞧不起这个忽大忽小的、颤巍巍的、多变的精灵，不愿与它过分亲近。他常常忽略它、忘记它，甚至并不真正承认它的存在，在他看来，它只不过是夜晚与他擦身而过时被剐蹭下来的少许残渣。尽管它从未停止过它的表演，还时常会有惊人之举，但却从未被粗心的诗人所留意。它实在太轻了，也实在太沉默了。

那天以后，他尝试着借助山岩、树木和墙壁，教它将软弱的、没有骨头的躯体竖立起来；他常常假装自言自语，实际想的却是在它身上埋下语言的种子，叫它有朝一日能对他开口说话。简而言之，他在驯化它，想将它变成一个人。尽管多数情况下，它的沉默像块笨重的顽石，绕不过、移不开、钻不透，让人束手无策，但是，也不能就此断定他的努力全无成效。在一个阴沉闷热的夏夜，它第一次惟妙惟肖地模仿他说了一句话。那时的他们，置身于一片空旷的原野，周围的天空被翻滚的乌云涂上了桑葚汁液的颜色。他说："唉……"它也说："唉……"

正是这一声叹息——这不是语言的语言，这先于语言的语言——引发了它的共鸣。他像一个忧郁的风穴，面向夜晚的寂静呼啸着，而它则如同幽灵，无声无息地在四处跃动，传回一些零零碎碎的、隐隐约约的、东飘西荡的、无法捕捉的回应。但足够了。他想，足够了，这足够表明在他们之间有某种关系业已成立：不知何时，孤独已经悄悄地赦免了他。

其实，他漫长的、无始无终的生命历程，就是在孤独的操纵下，玩一种开关闸门的游戏：闸门打开，他便汇入人潮之中，随波逐流；闸门关合，他便退回到自身，退回到永不干涸的单独一滴水中。人们有时使他欣喜，有时令他厌烦。所以他时而苦苦地寻觅着人烟，时而又挖空心思回避它。这天夜里，影子的慰藉使他怀念俗世的温暖，第二天一早，他便在雨中走进了一座万花筒般的城市。

他从未在别处看见过这么多种色彩。这座城里的墙壁有好多种：一种是胭脂般的艳红；一种是象牙般的亮白；一种如灰烬；一种似烟云；一种是三月间柳叶的嫩绿；一种是石青；一种是黛蓝；一种是像荔枝一样水灵的粉；一种是像桂花一样明丽的黄。这座城里的店铺招牌有好多种：一种是漆了金边的朱红；一种是介于海水和鼠尾草之间的靛青；一种是极致的黑；一种是雏鸟鸟喙的黄色；还有一种颜色太过神秘，他尚且不知该如何命名它，只知道它与一种格外美味的卤汁近似，能够诱发人的食欲，因此通常被挂在食肆的门楣上。这座城里有黑色的马、白色的马、棕色的马、青色的马、鼠灰色的马、枣红色的马、血色的马、肉色的马，也有与月光和朝霞同色的马。在这里，贩夫走卒的脸上全都有一种艺术家的神气。在这里，漆铺和染坊位居市集的中心，像一簇小型圣殿，具有一种令人肃然起敬的氛围。要在里面闲逛，须得管好自己的眼睛，柜台的每一格都足以让目光迷失其中。至于那些院落里和楼宇间的花田，那些摆在大门口、屏风前、檐廊边、露台上的盆栽，则几乎穷尽了一切可能的色彩。之所以仍然未能完全穷尽，是因为人们身上的服色是无穷无尽的，远比花的色彩更多，尽管裹在衣物当中的皮肤可以大致概括为三种颜色：一种如同黑夜，一种如同白垩，一种如同黄沙。在这座城里，女人们给每一片指甲涂上一种不同的颜色，每一种颜色都代表一个只有她自己才心知肚明的含义：或许，她有十个秘密的情人；或许，她能够背诵十首美丽的情诗；或许，她曾经拥有十个时辰的幸福……

色彩就是这座城市的语言，它把快乐与悲哀都抹在自己的脸上。

春雨绵延，荷犀脚踩着温暖的泥泞步入一条画轴般的长街。湿漉漉的青石板路像这座城市微微翘起的鳞片，行人络绎不绝，在路上流淌。油纸伞像一些飘零的花瓣，起起伏伏，兜兜转转，时而会有一个瞬间彼此轻触、彼此交叠，相互耳语一阵，然后又迅速分开，各自飘远。在一处屋檐底下，他遇到了另一个避雨的人。那人是个盲人，一对灰白的瞳仁如同两块熄灭的炭火，但细看之下，却又像两个旋涡，向着眼底深处转动着，似乎要把每个敢于与他对视的人拖入其中。他主动对荷犀讲话，脸上露出了讳莫如深的笑容："留心啊。温柔的雨丝一旦遇上伤口，就会变成杀人不见血的利器。"

一声尖啸在诗人的耳中与心中同时响起，在他的右脚边上，完全多余的、没有骨头的第六根脚趾，像一条从冬眠中醒来的小蛇，先是狠狠地咬了他一口，然后就开始一寸一寸地啃啮他。这起在鞋子里酝酿的惨案，是无常对不老不死者的一次预谋已久的征伐：在山野间跋涉时，一片锋利的页岩从鞋帮的破洞探进去，在那赘物之上搜出一道创口，连日以来，肮脏的雨水将无数细小的魔鬼注入其中，引发了险恶的坏疽。此刻，高烧使眼前的一切变得昏暗。他的精神脆弱不堪，心跳急骤加快，仿佛有个住在他里面的人在连续猛击他的额头。终于，门开了，那人走了，他空掉了，晕了过去。

初醒时，有一阵，他在恍惚中觉得自己置身于一场以人为展品的展览之中。在他的身边，有手中攥着弯刀、肩上蹲着鹞鹰、头顶裹着轮状头巾的，毛发极度旺盛的男子；有上身赤裸——汗津津的皮肤泛着金属的光泽——只以缠在腰间的一块白布遮羞的黑脸巨人；有长着一张老鼠面孔的小孩；有满身泥垢、枯瘦如柴的苦行者；有丑陋得异乎寻常，笑容却十分优雅的女人；

有脸上挂着硕大的鼻环，头顶扎着滑稽的冲天小辫，神情冷峻的，犹如黄铜雕像一般的壮汉；有怀中抱着一把不知其名的细长拨弦乐器的老人；还有乞丐和几名令人不安的畸形人。格外扎眼的异域格调，以及他们之间过于悬殊的差别，使人踌躇，不知是否能将这些人归为同一物种，更不知是否应该将自己也归入其中。而曾与诗人在屋檐下邂逅的盲人是这群怪人的核心，当荷犀将目光对准他的时候，笼罩在他面目之上的平静与风眼之中的平静完全类同。

盲人声称自己是一个预言者，是被语言选中的人。这种说法，并非在此时此地，通过此人才首次进入荷犀的耳朵。事实上，他自己过去也曾被误认为是盲人，因为诗人也同样受到语言的眷顾。许多人甚至将诗人和预言者视为同一角色——想必在他们看来，言辞优美的人能够说出他人所不知的、有关未来的真相。然而，预言与诗歌实质上是截然相反的两种事物。前者认可并顺应了命运的贫乏，后者则致力于在修辞的乐园之中，在肥沃的、充满可能性的土壤里收获前所未见的果实：诗人以惊奇抗击贫乏。

对于天生盲目之人的神力，有两种常见的解读：其一认为盲人缺失了五感之中最为关键的一项，他们什么也看不见，便等于被表象的世界所抛弃，只能去往事物幽暗的本质当中，换句话说，相对于闪烁不定的表象，盲人眼中恒久不变的黑暗反而是一种澄明；其二认为盲人并非目不见物，事实上，他们将目光直接探入了宇宙的深处。

荷犀躺在一堆东拼西凑的、难以描述的、被临时充作床铺的腌臜物什之上，如同昏睡的神灵漂浮在创世之前的一团混沌之上。被这群秃鹫般的人环绕着，他一连躺了好几天。在那些日子里，他不得不耗费仅有的一点精力与每个人交谈，再从他们那里讨来几碗稀粥，几只烤熟的麻雀或老鼠。此外，还有一种远比实物更为重要的好处：这些多半愚蠢、无聊但又不乏真诚的对话，使他更为了解自己作为语言灵媒的禀赋。

以往，他对于自己能够做到什么一无所知，是此地极端特殊的语言环境给了他认识并且运用自身能力的机会。这里的所有人都出于某种原因离开了各自的故乡。就像一些从种类各异的树木上被强拗下来的枝条，他们漂洋过海来到这里，被安插在一段完全陌生的树墩上，拼凑成一株歪歪扭扭的、不伦不类的植物。这些人全都患上了口吃，舌尖似乎悬着千斤重物；通过他们，遥远的母语在断裂的伤口处发出嘶鸣，连最快乐的词语都饱含痛苦。表达太艰难了。久而久之，他们只得接受被原子化的处境，将自己锁闭起来。

荷犀是个例外，他能够毫无障碍地和每一个人对话。所有的语言都毫无保留地对他敞开了门户，让他得以在它们之间任意穿梭往来。连他自己也无法理解这一切究竟是如何发生的。他并未掌握多种语言，但他的语言能与其他任何一种语言相通，就像一块透明的纱巾，无论与何种色彩交叠，都能毫不走样地将对方呈现出来。人们来找荷犀说话。他听到他们所说的，以及他对他们所说的，在对话双方的耳中，完全是同一种语言；但在第三者听来，只会觉得那位躺在床上的病人是自己的同乡，字字句句都带着亲切的乡音，而交谈的另外一方却兴高采烈地以另外一种根本不相干的语言呼应着他——这种鸡同鸭讲的现象令不少人深感困惑。

也许，诗人学习并掌握的是语言的本体，是母语的母语；也许，只有他曾经目睹语言的真容，其余人眼中所见的，只是遮挡在语言脸上的，形形色色的，可以相互覆盖、相互替换的面具。

在诗人养伤期间，盲人每天都在日落之后挥舞着一根挂着白幡的竹竿，一边在地上敲敲打打，一边跌跌撞撞地向他走来。之后，他会在他旁边坐上大半夜，嘴里念念有词，将一种腥臭难闻的草药抹遍他的全身。很难说他的咒语和他的药汁究竟是否有效，等到那根多余的脚趾，那本就不属于自己的部分烂掉之后，荷犀就能下床走动了。毕竟，没有任何一种疾病足以危及他的生命，之所以倒下，只是因为他需要倒下。他需要一次中断，以便重新开始。而盲人却不无得意地对他说："李杜……从今往后，我就叫你李杜。这个名字是我在遇见你的那天就取好了的。你是个无根的人，五行缺土缺木，因此才会为水所伤……是这个名字救了你，你必须接受它。"

诗人从来不为自己命名，但也从不拒绝他人的赠予。丢弃了烂掉的脚趾和用旧的名字，那天以后，他便是李杜了。

为了熟悉这座城市，也为了报恩，更重要的，为了实现时间与空间的兑换——这是眼下这具迟钝的，几乎被变化排除的身体参与时光流转的主要方式——李杜一早醒来便扛着那面写有"神算子"字样的白幡，搀着他的盲人朋友走街串巷，就此开始一整天的漫游。抬目远眺，衬着淡紫色的朝霞，高高低低的建筑在飞檐下沉思，像一簇戴着帽子的山峰，又像一堆块状的蛋——一只巨大的乌鸦刚刚飞离此处，把它们遗落在地上。睡眼惺忪的人们，混在迎面飘来的炊烟与晨雾之中，在道路两侧错落而过。城市空间被他们的脚步勾勒为一条自我缠绕、自我绑缚的河流。朦胧的风景在光影中浮动，一切仿佛才从梦境中逸出，一切都在慢慢苏醒、都在慢慢地凝结成一种光天化日的真实。

　　走出简陋得如同畜栏一般的住所，穿过一片泥泞遍地、野狗横行的幽暗地带，拐进宽敞的车马道，在荜门蓬户和碧瓦朱甍之间兜兜转转，李杜和神算子像两只迷茫的虱子在城市的躯体上爬行，爬过那些精心修饰的皮肉，也爬过那些藏污纳垢的褶皱。他们路过红墙围护的寺院，鸣钟与梵唱适时响起，像几朵奥妙难解的、饱含智慧雨露的云，从听觉中翩跹而过。他们路过门禁森严的官署，看见一辆华贵的马车从中驶出，车帘被掀起一角，露出一只修长的、玉雕般的、完美的手。他们路过一间妓寨，一个脸色青白的男人刚从里面出来，弓着腰，脸埋在胸前，整个人蜷缩在一件灰扑扑的长袍里，一路都把身子贴着墙，在屋舍的影子里躲避阳光。他们路过运河码头，刚刚卸完货的漕船在水面轻轻摇晃，悠闲得像一个躺在摇椅上抽旱烟的老人。四周一片寂静，只有一种老鼠磨牙般的声响，那是几个偷偷爬上船的穷人正蹲在甲板上，一粒一粒地抠着从米袋里漏出来，卡在甲板缝里的大米。他们路过屠户门前，看见他把刀扎进羊的胸腔然后又拔出来，动作轻快至极，仿佛根本没有遭遇任何阻力，甚至根本没有发生实质的接触。那只羊只是撒娇似的叫了两声，哀怨地回过头望了一眼，然后就平静下来，耷拉着眼皮，垂下脑袋：死亡似乎使它感到羞涩。血像瀑布一样泼溅在铜盆里，既令人震惊，也令人困惑——任谁都难以将如此多的鲜血，如此暴烈的倾泻，与这样一头纤弱的、温驯的畜生对应起来。

他们走遍了每一条路，却从未得到邀请，从未走进任何一道门。对于他们来说，门外的一切显而易见，门内的一切神秘莫测。神算子的生意也具有类似的特征：他负责为他人开门，自己却站在门外，绝不踏足一步。换句话讲，他仅仅是一件传声工具。对于自己说出的预言，他不理解，也拒绝理解。有人斥责他、诅咒他，骂他是无耻下流的骗子，也有人毫无保留地信任他。比如那个屠户，他手捧着羊的心脏，就像捧着一朵硕大的、玫瑰色的宝石，将之献给这位为他指点迷津的先知。

诗人和预言家的搭档关系没能持续太久。有一天，他们在一家酒楼的门外歇脚，听到楼内有人正吟诵一首由梦里飞出的蝴蝶、眼泪化成的明珠和不可挽回的光阴一并构成的诗篇。李杜坐在台阶上，如同一个迟暮的冬天，感到自己正处在一种美妙的更迭状态中：被冻结成块的思想渐渐融化，重新开始奔流，从冬眠中苏醒的文字在欢快地游动，闪闪发光的词语不时从其中跃出。简而言之，诗人的本能引发了一种灵感的共振。

李杜明白，在语言的道路上，他偏离正途已经太久，现在是回返的时候了。未等他主动言明，他的恩人和他的伴侣便站起身，面带如初见时一般模样的微笑，说道："雨已经停了，伤口已经痊愈。分别的时候到了……不过，暂且先收起离情别绪……你我还有两次相遇。"说罢便独自离去，背影像一只在芦苇丛中涉水而行的鹤。

那时的城市，以及城市所属的帝国——对于李杜，帝国如同明天，具有一种回避接触的切身性：他始终身在其中，却从未真正抵达——流行一种极度文雅的涂鸦。诗人们随性而为，在酒楼与青楼之上，在山水与园林之间，挥毫泼墨，写下自己或高妙、或拙劣的辞章。李杜采用了这种迹近公共表演的写作方式，却刻意远离引人入胜的烟花之地和风雅之所。他不愿诗歌成为尘世天堂的点缀，总是选择那些平平无奇的场合和毫无特征的角落作为自己的纸张和剧场，拒绝文字与环境的呼应关系，拒绝遐思、拒绝喝彩、拒绝成为风景与人情的注脚，将雅致的思想和动人的想象投进无聊的市民生活的海洋。

一种朝向空无的行动，一种只为行动而行动的行动，就像一枝否决了果实的花朵，往往会获得一种神秘的、蛊惑人心的光彩。这些孩子气的、半是自嘲半是抗议的任性举动，为李杜赢得了意料之外的声名。人们开始传说一个"大隐隐于市"的典范故事。故事中人起初孑然一身，看上去与乞丐无异。他出入于穷街陋巷，混迹于市井之间，将他的作品，那些文字瑰宝随手抛撒在灰墙朽木之上。目不识珠的愚庸之徒自然只会以哂笑和诘问来回报他。这帮人无知得可憎、低贱得可怕，而且数量众多，却始终未能阻断诗人徒劳但又执着地书写——这已经不是恒心、耐心之类的说辞所能解释的了。事实上，他从不等待，从未有过垂钓知音的念头。对于读者，他不抱期望，不仅如此，他鄙视读者，视他们为他的敌人。

为敌人写作，这如何可能？之所以必须承担如此荒谬的劳役，只因诗人将他人的误解视为自己的宿命——写诗是一种西西弗斯式的刑罚，强迫诗人以自身的疼痛和缺损为代价，从灵魂中析出美的结晶，却又遮蔽了它的光辉，将之遗弃在一片荒芜之中。没有人看得见它，没有人会捡起它。

不过，无论如何，自诩为理想读者的人还是出现了。他们对诗人的境界大加赞赏，将在最后一行诗句底下署名"李杜"的人尊为一位神灵、一位圣徒，以及一位精神世界的帝王。这样的人起初很少，后来逐渐增多。一些曾经没来由地唾骂他的人，后来也没来由地崇拜他：人人都是潜在的朝圣者，就像没有主人的狗，总是叼着自己的链子，随时准备交到某一个人的手上。这故事给人一种印象：多数人梦寐以求的东西，他李杜却是为了迁就别人才勉强接受下来；此人似乎一生都在逃避名利的追捕，直到避无可避，才转过身来追捕名利。

在那个时代，才华是一种流通甚广的货币，有时比银两更加管用。李杜在帝国的土地上过着一种随心所欲的生活，以舌头和笔墨支付形形色色的花销。烈酒、风雅的女子和旅途的凄清，诗人以这三样事物喂养甜蜜的忧愁，就像喂养一只居住在他心里的金丝雀。尽管看上去略显潦倒——这种孤傲的潦倒，在他的形象当中是一种固有成分，对他而言必不可少，假使有人送给他一件华丽的长袍，他也会迅速使它破旧、褪色——但外表的窘迫恰恰印证了他的不凡：人们确信，如果能把崇高的诗情翻出来穿在身上，那一定是披裘带索、鹑衣百结的模样。"才华是一副美丽的重担，诗歌是一种高雅的疾病。"酒酣过后，寒意袭来，李杜常常会叹息着说出这一类的话。在那之前，往往先有一阵狂放不羁的宣泄，反差之大，令听者不得不动容，对他既景仰又同情。

一位擅长音律的名妓长期与诗人保持往来。每当他结束一次旅行，或快乐或感伤，风尘仆仆地站在运河边上，她总会差人将他领入她的画舫。她在绣帏罗帐之中，在由她统治的那个充斥着花与鸟、蜂与蝶的，柔软芳香的国度，划出了一半领土，作为他的永久封地。她以曼妙的声调表达自己的哀怨，以他能隐约感受到，却又无法确证的冷落来折磨他，然后又以醉人的、无可挑剔的温存来修复这种折磨造成的小小创伤，恰到好处地挫败他的傲慢，同时又小心翼翼地呵护他的尊严，让他既愉悦又难堪。有时，她会让这没有母亲的人想到母亲。

六 桃源

陷在销魂蚀骨的、漫溢着脂粉气的肉体沼泽之中，李杜时常会恍惚，会失去廉耻心和自制力，会一边像小动物一样呻吟，一边像打破了鸡蛋的农妇一样哭哭啼啼。每逢这种时候，名妓都会温柔地抚弄他的脸颊，伏在他的耳边，说些轻佻的便宜话，嘲讽他、奚落他。她就像一个偏好拨弄逆鳞的医生，不愿纵容病人的任性，不愿他以自身的痛苦换取天经地义的优待，宁可蔑视他的求助，宁可对他冷酷。她认为，同情是一剂甜蜜的毒药，会令不幸的人爱上自己的不幸；与其费力去治愈他的病，不如以不留余地的淡漠迫使他忘却自己的病。

在一些微妙的条件作用下，无法得到满足的自恋能够促生精神的高贵，羞愤交加的怨恨也能转化为心悦诚服的敬意。诗人依恋她，如同鸟儿依恋巢穴，如同一缕生气依恋温暖的鼻腔。在世界无情的莽丛中，她是伸向他的唯一一根挑着花苞的枝条，柔媚可人，待他以一种绝不臣服的顺从。在他的生活中，没有任何一种享受及得上她的鞭笞，连那些扎人的芒刺也令他感到分外舒适。就像鱼鹰在屡屡落空的扑击中领略到羽翼戏水的快乐，以至忘记猎物、忘记饥饿，他总是对她畅所欲言，不仅从不期盼回应，还将她的不回应当作最好的回应。

他对她讲述在流浪途中，由他本人亲历的奇闻逸事，其中一些是他始终也无法取信于自己的真相，另外一些则是他在不经意间便成功地令自己深信不疑的虚构——当人们提及一个故事家的诚实，指的无非这两种情况。李杜的舌尖仿若一朵幽闭已久的昙花，只在知己的香闺中绽放，喷吐的言辞总关涉诡异、神秘的化外之所：鬼谷与仙域在其中各占一半。在这些或美妙动人，或古怪离奇的篇章中，色调最为明丽、风格最为欢悦的一种，得自诗人与一个疯子的偶遇。

那是在一个无名的渡口，带有槐花香味的夜风将汗水驱回疲惫不堪的身体，衣衫冰凉，在李杜的心头勾起了一缕灰暗的，有关羊水与鱼鳞的记忆。坐在距离他不远的石阶上，同他一起等待渡船的陌生男人主动与他攀谈，口音奥僻难解，无疑对应着玄虚莫测的身世。他说他叫刘子骥，正在进行一次没有目的地的旅行。"其实，这个说法不大得当。"他以一个自嘲的笑容抹平了眉宇之间垄沟般的皱纹，"目的地，我倒是有一个，但那是一个并不存在的地方。"

他告诉诗人，他的一位朋友自称曾到过一处迷人的乌有乡，一块水草丰美、鸟语花香的沃土，一片完满地留住了"本然"，未使其有损分毫的永恒原野。它如此遥远，又如此幽静，以至于相对于任何所在，都是他方，相较于任何角落，都是僻壤。唯恐这番描绘在诗人心中造成误解，他又急切地补充道："不不不……我是说，兴许您会觉得那是一个杳无人烟的荒凉阒寂之地。不，绝非如此。据我那朋友所说，那里田陌纵横，六畜兴盛，简朴、雅致的屋舍密集但整齐地排列其中……也就是说，满满当当都是人呐。可是，这些住户，连同他们的牲口、房子、耕地，全都未脱大化之形，让人根本想不到要将他们从山水之间单拣出来，以分别于草木鱼虫。他们按自然之规种因，依自然之律结果，仍持守着最初与天地所立之约，是纯粹的自然之物。"

作为一个避世绝俗的人，刘子骥一向热衷于追逐镜花水月。如斯奇异的幻影，一旦在眼前燃起，便令他无法抗拒。

"为了寻此妙境，我把家安在了马背之上、舟腹之中，一路以司南和罗盘为伴，与北斗和长庚同行。在颠簸不定的卧榻上安睡，以山风为褥、露水为被，以云霞为帘、雾岚为帐，即使在梦中也从未有片刻停歇。我就这样走遍了世界，不知从何时开始，落脚之处都已是往日曾经到过的地点。直到再也遇不上一个陌生的角落，值得驻足细赏……我才终于了悟：过早被卷入想象的涡流，对于力求眼见为实的旅行家而言，是至为可怕的诅咒。"他神色黯然，自艾自怜地说道，"但我无法中止幻想，也无法停下脚步，我甚至无法死去。眼看着许多个世代过去了，头颅和雨珠在尘土中翻滚，从鲜红中生出新绿，一茬又一茬的孩子，被施了遗忘的春肥，冲着时间的利齿绽开了懵懂的笑颜……我开始逢人便问：'今世何世？'起初人们笑我，以一口唾沫或者一声呵斥打发我，后来事情起了变化，好像谁都看不见我了。我四处游荡，逢着人便急忙迎上，以求倾谈，即便遇上凶神恶煞的剪径之徒，也绝不避让。我听见自己的舌头像鞭子似的抽打空气，但再也没有人理会我。苦苦思索了许久，我才终于弄明白：我虽然还活着，但已不再存在。或者说，我已不再拥有能被感知的肉身，只被永不湮灭的想象挽留在人世中……我活在一个广为流传的故事里，作为一段文字，作为一条多余的附注被保存下来……自那时起，您是第一位能够看得见我，也愿意听我诉说的人……所以，我不得不对您抛出一个不情之请。"

李杜被离奇的说辞震慑，不但并未拂袖而去，反倒恭恭敬敬地请对方明言，以为自己解惑。刘子骥以一种着魔之人的热忱告诉诗人，经过漫长而艰难的求索，他由种种迹象推断出，那个他遍寻无果的名为"桃源"的地方，就在一个他伸手即可触及，却绝对无法亲临的所在。"来，"他把身子凑近诗人，以梦呓般的声音对其耳语，"看着我的眼睛。"

这请求来得太过突然，大出李杜的意料，成了一道穿透理性、直抵本能的命令。眼前的男子以略显笨拙的、滑稽的姿态慢慢向他靠近，面上的神情却透出一种鬼怪般的异样感，令他既厌恶又兴奋，在心底极力排斥，在行动上却毫不反抗地屈从了。随着距离的缩减，瞳仁的形状和颜色在骤然改变，圆形的轮廓融解了，原本一团均匀的漆黑渐渐化开，形成一摊浓淡不一的、流动的灰色，在不断地向外漫溢、扩散。

当两张脸几乎贴在一起的时候，在诗人面前只剩下一个被无边无际的浓雾所包裹的世界。然而，他的头颅仍未停止向前，而是径直伸进了翻滚的云气之中。他鼓腮挥掌，手嘴并用，想要掀开遮蔽了视野的雾障，却并未奏效，只觉得耳边呼呼作响，仿佛正在急剧地下坠。接着，云雾突然便散了。李杜觉得自己似乎穿过了一个狭小的洞口，但还未及确认，就发现双脚已经落在了一个完全陌生的地方。而那个渡口，以及那个讲故事的男人，都像午睡时的稀薄梦境，在他睁眼的一瞬化为乌有。

他人之瞳即故事之井。被故事诱捕的人啊，要当心！最好低下你的头颅，或是合上你的眼睛。

诗人一脸迷茫地仰起头，目光在千姿百态的云朵间游离。那些大大小小的雪白卧榻，只供仙人、逝者和野鹤休憩，怎么可能在其中为他这一介凡躯找到来处？他怅然叹息，垂首四顾。眼下不知是黎明还是黄昏，天地朦胧如一滴泪水。右边是与天空相连的浅蓝色平原，左边，一座小山的阴影像一块暗绿色的船帆，贴着他的脸颊飘过。转头望去，黑色泥土和青色岩石构筑的山体托起高高矮矮的灰褐色树丛，看不见的鸟儿不时在其间奔突跳跃，弹拨一些摆荡的空枝。一条婉转的河流披挂在山腰，以浮光掠影的笔法缠绕着它，使其更显安详、柔软。蹚过了河，翻过了山。一个静谧的村落仰卧在山脚下，像一个淡淡的笑容，迎着天边的斜阳和诗人的目光悄然绽放。

进了村，李杜在方正如棋格的麦田中穿行，脚上的芒鞋在田垄上升升落落，不一会儿就沾满了朱红色的泥土。田间零落着一些早出或晚归的耕夫，佝偻的身影像洇开的墨迹，随着脚步的推移，不时在诗人左右淋上几滴：正是插秧的时节，人们以劳作唤醒生机勃勃的土地。这个滴酒未沾却已山公酩酊的旅人在色如醇醪的天空下独行。被云霞或其他挂在高处的帘幕筛过，阳光斑驳，像无数披着银色羽毛的鸟儿，纷纷扑落在地上：这是个闪烁不定的世界，如同一面破碎的镜子。

李杜魂不守舍地走着，在不觉间放轻了脚步，像一个夜归的父亲从熟睡的孩子床边经过，仿佛对万物怀有柔情，生怕会打扰它们。

纠正一个误会：诗人好静，无意也无力发出某种"先声"。他从来都不是一群昏睡的人中唯一清醒的那个。相反，他被一群失眠的人夹在中间，苦于无法逃离，只能翻转耳目，面朝己身，自顾自地用语言造梦。

太倦了，也太惬意了，一直默不作声地跟在诗人身后的黑犬不愿再走了，绕着一棵桃树转了一圈，然后就软绵绵地靠了上去，大张着嘴，伸出舌头，呼哧呼哧地喘息着。李杜只好在桃林边停下脚步。桃花全都开了，这是一次毫无保留的告白：羞涩的、善于忍耐的泥土，用了一整个年头把它的烟火从树根喷上了枝头。数不胜数的蝴蝶飘浮在花香中，像一个对称主题的剪纸展览。展品五彩斑斓，每一件都是一对镌有精致花纹的双扇小门，只需屈指轻叩，就能在门扉开启后，走进某一个人的梦里。

迎面而来的是一对祖孙和一头黝黑的水牛。孙子骑牛，爷爷牵牛，牛蹄翻飞，牛耳与牛尾轻巧地甩动，驱赶着牛蝇。须发皆白的老人在李杜的面前站住，深深地鞠了一躬，说道："您好。我想我该称您为'尊贵的客人'，因为过去我从未见过您……"举手投足间，挥洒殷殷之情，"天下本一家，众人本一人。"礼数周全的主人以这个座右铭般的句子说明他以及整个村子的待客之道，同时奉请诗人与之同归，往家中共进晚餐。据老人所言，此间的人们认为，无论村里村外、本土他乡，所有人都是一家人，彼此之间并无远近之分，只有时限之别：相聚短暂，更应倍加珍惜。因此，他极为盼望这位素未谋面的家人能够踏入他的客厅，并且坐上堂内最好最舒适的那把椅子，以便让它代替它的主人与客人亲近，用扶手的纹理和椅垫的凹痕记忆他的身量和他的体温。

诗人诚惶诚恐地还礼，自称"不速之客"，近于抱怨地感谢这份突如其来的友爱。显然，这里的乡民对于孤独全然无知，不能理解人在群体中何以会有隔离自我的需要，他们无所顾忌的善意让人难以拒绝。在稍作犹豫之后，李杜只得接受了这份来自陌生人的盛情。

三人一牛一同穿过桃林。一路上，牛背上的幼童唱起了歌，嗓音天真稚嫩，歌词莫测高深。歌中称赞人为最多智的牲畜，称赞死亡为最香甜的果实。李杜大为惊讶，忍不住向这垂髫小儿询问词的出处和歌的来历。不料祖父虽谦逊有礼，孙儿却傲慢自负，几近不可理喻，不但没有回应诗人的问题，反倒怪他鲁莽，语气颇有讥讽和斥责之意。老人赶忙插进话头，一面连连向客人致歉，一面又对孙儿百般安抚。身为长者，态度却卑微异常，甚至有奴颜婢膝之嫌。李杜觉得荒谬，忍不住表示不以为然，那位祖父则一边请求原谅，一边搬出一些古怪的道理为自己辩解。一场浊泾清渭的对谈在宾主之间展开，两股无法合流的话语东奔西突，好一阵拉扯，好一番纠缠，才终于让彼此的要旨浮出水面。

原来，与外界相反，这村子的居民从不以年长为尊，不看重经验的价值，不认可智慧与年纪的正比关系，不相信失败与成功的堆积都能促人成长。他们只崇奉生命力与可能性，以天性与本心为善为美，认为年龄的累加只意味着污损与腐朽，在老与小、旧与新之间，永远无条件地倾向于后者。说此地素有"尊幼"的传统也不为过，长辈们不仅在晚辈面前恭谨有加，而且也是真心实意地向晚辈求教学习，这不仅是一种约定俗成的风习，更是一种根深蒂固的观念。在他们看来，小孩都是智者，年纪越小便越有建设性——无知才是真知：无知的人近乎神，他们说出即创造——而老去则是一种耻辱，唯有死亡能够洗脱。

了解内情之后，李杜胸中的不快消散了，取而代之的是迷惘。出了桃林，一片白墙黑瓦的屋舍浮凸于远山的剪影之上，辨不出远近。一条看不见的溪流隐藏在高高的蒿草丛中，汩汩流淌，时或传出一些清脆的、击掌般的声响，仿佛搁浅的大鱼拼命甩动尾巴，在河床上拍打身体。一路上，这个乳臭未干的小子从未安静过，不是唱歌就是自言自语，在三人之中抢足了戏份，当仁不让地扮演着诗人和家长的角色。灵感和权威十分蹊跷地加诸顽劣之上，让他像一只假扮道学的狐狸，或是一个在魔鬼设计的游戏中太过快活，以致堕落，并终于精神失常的上帝。

令李杜陷入深思的是他使用语言的方式：仅仅将之形容为"自由"是不足够的，也是不确切的。对于他，逻辑与语法的约束根本无效，词汇与词汇可以任意组合：这个孩子似乎得到了某种豁免，可以不必对任何句子负责。但这样的语言并非毫无意义，哪怕说出它的人从未理解过它——出于其本质，语言不可能摆脱意义。请想象这样的情景：一件被气流撑满的衣服在街道上空飞行，在其后，一具赤裸的身体正穷追不舍，并且作势欲扑，仿佛随时可能纵身一跃，将脖子钻进衣领里。

能指早已厌倦了所指，欲借顽童之口出逃。站在它的立场上，我们可以假想一种阿基里斯与龟式的竞逐，但不能否认这种必然性——即便你可以无限地推延它：或迟或早，意义一定会追上语言，再猛烈的飓风也不可能将这轻飘飘的织物变作飞鸟，以成全它的自由之身。不过，一个意外的结尾便能将悲剧转化为喜剧：由于未按既定程序量体裁衣，残暴的意义很可能将自己套进不合身或不得体的语句之中，像一个被芭蕾舞裙勒得窒息的壮汉，或是一个穿着燕尾服和沙滩裤的怪人。这个统治者和占领者，这位自负的将军，被不伦不类的装扮变成了一个乞丐，一个小丑。于是，无地自容的意义尴尬地退场了，撇下了空空荡荡的话音，无人认领，不再负有表达的使命。这种被脱掉的语言，所能说出的只有寂静。这寂静在音节中流动，像万花筒中的图案一样，不断变幻着形状。至于凝神倾听者常常感受到的美丽与神秘，则是这种寂静的副产品。

当然了，以这种方式言说，绝不可能预测结果。每一句话都前途未卜，在出口之前，谁也无法得知它的命运是正解、误解或是无解。如此，说话便成了一种实验，说话的人得以享受化学家的乐趣，也必得承担化学家的风险。

从这男孩嘴里冒出的句子，有的奇妙非凡，有的畸怪难言，但都充满歧义，而且往往不成比例。有时，他试图用极简单的语言说明极复杂的情况，有时则相反。比如，当他说"荒芜昏迷不醒"的时候，他们正经过他家的西瓜田，他想告诉李杜，这块田里生有许多杂草，每一株都有十足的坚韧，他们使尽了一切办法，无论用镰刀或是锄头，无论是刈茎还是掘根，始终也无法将它们彻底清除；当他说"门户的雷电撬开了蚌中的秘密，家庭——一条生病的母狗——嘴里叼着烧焦的真理"，其实只是想告诉李杜，他们到了。

祖孙二人领着诗人迈过一道门槛，进了小院。院里的地砖布满方形与圆形嵌套而成的重复纹样，房门附近铺着一张草席，席上晒着壳上沾有泥土的新鲜花生和切成条的萝卜——光线正以旁人难以知觉的速度在这种肉质直根的纤维中掘进，将之变得透明，使之成为一种形似蜡烛或玉簪一样的食物。一条癞皮黄狗对李杜表现出了夸张的热情，为了躲避它过于博爱的舌头，诗人不得不抢先迈过第二道门槛，走进了主人家的前厅：次序一旦颠倒，他便成了一个闯入者。一般而言，若是空间的特质发生了突变，出其不意被植入其中的人会有一种强烈的被排斥感，但李杜却一切如常，仿佛他只是路过一座方方正正的山岩，或是穿过一片长满了桌椅的丛林，总之，仿佛漫步山野之中，全未被私家领属的界限感所阻。甚至都没有停一停，发会儿呆，感到害羞，为自己的唐突略表歉意。

饭菜已经摆在桌上，但还没人入席。等待的人们姿态各异。在一瞬之间，他看到一个老太太正靠在躺椅上吸着烟袋；看到一个女孩儿正蹲在地上，出神地看着蚂蚁在砖石的缝隙间穿梭；看到一个痴迷于幻方之戏的少年，正透过画在纸上的窗格眺望一个由数字和抽象原则构筑的宇宙；看到一个正打算为婴儿哺乳的少妇，解开了衣襟，露出如火山般蓬勃的胸脯；看到一对恩爱的夫妻正互相咬耳调情，举止过于亲昵，乃至于狎昵，但神态却纯朴自然，竟似浑然不觉。

在这里，生活在同一屋檐下的家庭成员，是一群至为亲密的陌生人，保持一种既和合无间又彼此无涉的关系，沐浴在理想的亲情——近乎淡漠——之中，过着恬静闲适的个人生活。他们像白云一样聚在一起，并且总是在雨滴凝结之前散去。他们的接近，不产生任何负重，只孕育轻盈的东西。

所有人都发现了这不期而至的来客，但没有谁为此停下正在做的事情。显然，在清澈无邪的环境里，任何忌讳都属多余。家庭，这个双面兽似的词语，在此处，全无堡垒般的森然之气，只有一种毫不设防的温馨之意。这个家庭以墙壁环绕自己，仅仅是为了更好的相聚，用意并不在围限与隔离。李杜猜测他们从不给门上锁，甚至笃定在里外这两道门上，绝对寻摸不着门闩的痕迹。他脚步不停，缓缓走到厅堂中央的大圆桌边，找了把椅子坐下。没人阻拦，也没人询问，人们只是默不作声地望着他，冲他微笑，整个空间充溢着友爱和慷慨。

诗人不禁心生惆怅，这惆怅渐渐地竟演变成苦涩。他在心底发问：美，为何总是对自身的脆弱一无所知？这个念头甚至让他痛恨装裱师的工作：他们以精雕细刻的边框囚禁画中的风景，就像那些粗暴的骑士甩出套绳，勒紧野马的脖子。卑鄙啊，他自语，为身为同谋的自己感到不齿。

其实只是一转眼的工夫，落在后面的祖孙二人便进了屋。简朴而丰盛的家宴如期开始。席间，他们喝了好些浑浊但美味的自酿米酒。下巴一抬，杯子就空了。诗人感到一条小蛇游进了他的胃，与此同时，一丝虚无便命中了他的心。这种繁杂的液体——世间的千滋百味，似无一种在其中缺席——简直像是用语言的废料酿成的，对于漂泊的人而言尤其如此。诗人的闲话渐渐多了起来，主人也以毫无保留的真诚殷切相陪。

他们的第一个话题涉及当地的行政结构——长期在帝国的疆域中游弋，李杜早已习惯将权力视为一个地方的第一属性。"县令吗？我听我的父亲说起过，他也是听他的父亲说的……说是有过那么一个人，在某个遥远的，谁也没到过的地方，以某种捉摸不透的形式管理着大家……但是谁也没见过啊。"老人微笑着说，"也许……我是说也许啊，祖宗们还能隐隐约约地感觉到某个不属于自己的意志，像一条看不见的丝线，在约束着自己……但主张眼见为实的人毕竟是多数，后来大伙儿都不信了。最多还有些不像话的爹娘会拿他来吓唬孩子，说什么'别哭啊，再哭县令就来啦'！"他轻笑一声，端起酒杯，抿了一口，人便沉静下来，眼中的神采像烟雾缓缓退散，被收进了井一样的瞳孔之中。

"不过，县令到底还是太抽象了，想绘声绘影太难了……再后来，就像所有被人遗忘的传说一样……谁都没法填充这个空洞的形象，只能把他彻底抛在脑后了。"他顿了顿，又继续说道，"此外还有什么里正啊、村正啊、保长啊，情况也都差不多。在我这一代，还有人会提起他们，说什么'保长为民父母'，就好像他不但真的见过保长，还是保长亲生的呢！怪可笑的……邻长……邻长倒真是有的，我爹说他小的时候就见过一个邻长……没准现在也还有，只是这邻长自个儿藏起来了，不愿给人识破了身份，又或者，他自己也忘了自己还有这么个身份。"

看老人的神态，听他的语气，仿佛他正看着一座以雪块搭成的建筑一层一层地在面前消融。诗人想，这里的春季一定很漫长，漫长得似乎永远不会结束。

接下来，一桌人又谈到当地的节俗。据这家人说，这里的村民极爱过节，简直爱到了疯魔的程度。"不过，节日是什么？……这里可没有节日……照我理解吧，所谓节日，就是有名字的日子。你说，我说的对吧？"老人的长子，即那任性男孩的父亲，带点疑惑又带点自得地揶揄诗人，"如此说来，在你来的那个地方。还有人给日子起名字吗？不可思议！我听你说起这个，就像听到有个贪吃的孩子说他想一口吞掉一颗星球那么大的糖果。"他说，整个村子的人都热衷于给时间命名，但作为礼仪之邦，大伙儿绝不会你哄我抢，毕竟，可供他们采掘的矿藏实在是太过丰厚了：每个人都能分到数不胜数的时刻。甚至根本没必要礼让，谁也不必找谁商量。"不会有两个人碰巧选中同一个刹那。根本不可能！"

原来，他们所说的过节，指的是一个人以某种名义宣布自己全权占有了一个最小时间单位的快乐。诗人想：可是，一个人怎么可能占有一个刹那，在你意识到它以前，它便已经溜走了啊。但他继而又想：那么说，我们能占有一天吗？表面上看来似乎可以。或者至少我们可以说，一天占有了我们。总之，它以某种方式和我们叠合在一起，我们和它，相互容纳了对方，并且像通过一条隧道一样通过对方。"一天"可不会趁你不备偷偷溜掉，我们可以轻而易举地占有"一天"一天的时间，想拒绝都难呢。有时候，我们还会嫌它太磨蹭了。但这是真的吗？真的有"一天"吗？难道"一天"不是人们为了假装能捉住时间才虚构出来的吗？不不不，根本没有什么"一天"，也没有什么"一小时""一分"和"一秒"。只有从未被我们觉知的"刹那"，一个接着一个，在来临之前就先已消逝，以至于，我们都成了一种只在自己的回忆中存活的动物。

直到此时，诗人才留意到窗外的斜阳已久久未曾移动，甚至可能自打他的双脚踏上这块谜样的陆地以来，它便从未移动过。此处竟似有一种独立于日升月落的时间逻辑，仿佛这里的每一个人都是芝诺，懂得以无限分割的手段给时间扩容。他对主人们谈起他的发现以及由此而生的不安，却遭遇了一阵赤贫的沉默——一片难以逾越的意义荒漠。一时之间，李杜思绪万千，仿佛当这些热衷于命名的人因他的冒昧而放弃了语言，所有无名的时刻便一起朝他涌来，要求他对它们负责，否则便不肯离开。

在李杜的记忆之中，从那时开始，他便被卷入了一种疯狂的寂静，渐渐地抬不起眼皮，不久便昏睡了过去。仿佛夜晚应邀而来，只降临在他一个人的身上。一朵散发着酒香的黑玫瑰层层裹覆着他，旋转着，将他抬升至天边，伸进一大片熊熊燃烧的云霞之中。诗人察觉自己正在化为灰烬，但无力挣扎，也不想挣扎，反而带着牺牲的狂喜，看着自己的头颅像柔嫩的花瓣，一片一片地枯萎，从焦黑的花茎上剥落。随后，他便醒了过来，懵懵懂懂地左顾右盼。臀下还是那把椅子，面前还是那张桌子，阳光还是从同一个窗口的同一位置斜照进来，但碗盘杯盏早已收拾干净，主人一家都已不见踪影。他呆坐了一会儿，便起身走出了房门。门外，那条黄狗正伏在地上打盹，全然没有了初见时那种怪兽般的热情。一人一犬以同样的冷眼对视了片刻，便转过头去，不再理会对方。诗人蹑手蹑脚地走出了院子，然后便加快脚步，匆忙离开了。

李杜走着，不知走了多久，越走越觉得吃惊：这村子实在太大了。虽说乍一看只是山脚下的弹丸之地，可一旦在成片的房屋中间行走，就会发现，别说走出去了，就连它的边缘也不可能眺望得到。在视野范围里，只有一条条曲折纠结的小路，每一条都有无数分叉，每一条都与其他任何一条相接，每一条都没有尽头。每回走得累了，便会像之前一样，在一片桃林、一个麦垛或是一口水井的旁边遇上和善的当地人，邀他去家中做客，将他奉为上宾。酒席照例是快活的，谈话照例是诚恳的。

他们和他聊起信仰。他由此得知村子里有两个规模较大的民族，分别敬拜两位超凡的神灵：昨天和明天。昨天是一位在镜子里沐浴的女神，形象如同满月，被水银凝结的游鱼环绕着，正以一个石破天惊的雄姿向上蹿起。然而，光流不断注入，镜面不停上涨，恰好抵消了她的努力，在镜外看来，镜中的她优雅、安详、完全静止。明天则是一位腿生双翼、疾如闪电的男神，正与永恒射出的一支羽箭比试脚力，但也可以说，他是在箭的追逼之下才不得不奔跑的。显而易见的事实是，他总是比那支神箭领先一步，但也随时可能中箭身死。

有几位舌绽莲花的大学问家还与诗人谈起了星相、数理逻辑与文学：在他们看来，三者并无实质分别。在发表高见之前，学者们均谦逊地表示自己并没有在符号海洋中畅游的能力，只能算作在海边翻拣贝壳的顽童而已。"只有那些丢失的、缺位的符号才能激发真正的理解，只在那些阻断了潮水之绵延的礁石上面，你才有机会读出棱角分明的意义。流星在凋零的瞬间发出无声的尖叫，那些长时间仰望夜空的人所期盼的正是这稍纵即逝的告白。此外的一切阐释都是牵强的、多余的、不足采信的。"学者们普遍同意，每时每刻都有许多词汇、文字、数字、字母、爻符、茶渍、指纹、胎记、纸牌和星辰从其原本所在的位置脱落、消失，之后便会有一个新词、新字和新数递补空缺。人们只要写下、说出、推演，便是在不断地催动符号系统的新陈代谢。因为，静默是所有符号的仓储要诀：使用即更替。

以上种种高谈阔论，最终都在李杜提及时间的话题之时戛然而止。喧嚣散尽，人人垂首不语，就像落幕之后，被零零落落地丢弃在剧场角落里的牵线木偶。诗人总是在蔷薇色的天光中睡去，又在同样的光景中醒来，天空从未有丝毫变化：一切只不过是他一个人的暮暮朝朝。久而久之，他才似懂非懂地做出总结。在他看来，村子里的时间以非线性的方式流逝，并非一条在此岸与彼岸之间，以固定的流向绵连前行的河流，而是从大大小小的、枝杈丛生的河道不断外溢，以致交相混杂的江河网络。在这里，一个时辰可能大于一天，一天可能大于一年，一分一秒之间，可能包含数度冰消雪融、花落花开。

"什么昨天今天，都是从未存在也不会存在的东西……我思来想去，只有一个词能够形容那里并且说明那里的时间逻辑：幸福。"诗人抚弄名妓的长发，想象自己正沿着无数条蛛丝般的小径在一个千头万绪的梦里穿行，"幸福……在所有陷阱之中，这一个最难逃脱。我承认，它一度让我十分狼狈。"

"为何？你为何要逃离幸福？难道还有人畏惧幸

福吗？"

"人自然会畏惧自己不理解的东西……是的，我无法理解幸福。我首先不能理解幸福和无可救药的平庸之间究竟有何区别，如果说……正如大家常说的那样……幸福的前提是知足、是认命的话……有时，幸福被描述为一种平和的无政府主义，但只要稍加思索，就会明白，那种平和来自心甘情愿的臣服……那村子里的人没有摆脱统治者，只是忘记了统治者……他们通过遵守规矩来远远地避开定下规矩的人……他们为了换取安宁，几乎把自己降格为非存在……这样的幸福分明是一种乞讨……从污泥里捡起别人的施舍，却非要装出一副出尘不染的姿态，这是极度的虚伪……他们崇拜童真，不，他们嫉妒孩子，只是因为孩子可以免于羞愧，真正地对一切心安理得……他们的时间停止了，因为他们根本算不上活着，根本没有可用于流逝的生命！幸福……这简直是世上最恐怖的东西！"

"那么，你又是怎样逃出他人的眼睛，逃出这个可怕的幸福之地的呢？"

诗人停住了手上的动作，仰着脸，用困惑又悲伤的目光凝望一团迷雾般的纱帐。他问自己："我逃出来了吗？"

七 误读

　　有一回，诗人从西面归来，鞋底沾着黄沙与草茎，胸中充盈着有关月牙泉和胡杨木的记忆，登上了通往温柔乡的阶梯。其时，名妓正在会客之所抚琴弄曲，当即将他引荐给在场的三位尊贵的客人。

　　居中的一位是身着便服的朝廷大员，待人还算和气，但脸上总有种冷冰冰的、像鱼一样的表情。另外两位都是来自异域的商人——他们的故乡犹如帝国的两个光怪陆离的梦境。二人均出自故国独有的土壤和空气，与各种不可思议的动物和植物一起生长，承袭了一些荒谬的风俗，学会了别处没有的智慧和别处没有的愚蠢。在出国经商以前，他们一个是种植金桃的果农，一个是驯养白象的象夫；出于天真的冒险精神或是躲避债务和仇敌的需要，一个骑着神骏的单峰驼，另一个乘坐以木板、椰子壳和鲸油制成的三角帆船，先后来到遥远的异国。在这里，他们得到了财富，但也失去了财富以外的一切。对于他们，帝国是茶叶的深潭、丝绸的海洋和一种魔法般的禁锢力量，一旦进入，便再也不能真正离开。如今，两人都已经很老了，只能等待那最后的渡船，通过泥土之中的黑暗道路，将他们送回久违的家园。

值此良辰美景，可爱的女主人请求李杜为她的客人们即兴吟诗一首。三位佳客立即以各自的方式表达了期待之情，其中，那位官员的反应尤其热烈，尽管在这间客厅之中，若论感受诗意的能力，他只能位列第六，排在四个活人和一张摆放茶盏的木桌之后。诗人应允，侧身面对别致的、将夜晚框在画境之中的窗棂，闭上双眼，发出梦呓般的声音。他将朗月比作明镜，将浮云比作随一阵轻风在美人颈间飘拂的青丝，表达了一种不具体的、谜样的忧愁。

诗是只能惊鸿一瞥的事物——一首诗就像一只猫，踩着轻盈的韵脚，从地板上一掠而过。然而，诗的后果却是更为长久的东西：遐思、怅惘、一段寂静和几双泫然欲滴的眼睛。

几天之后，李杜在一间廉价酒肆中被人叫醒。来者是官员的仆从，以不容拒绝的态度邀请诗人前往其主人的府邸。两人乘坐马车穿过半个城市，从破败、凌乱、污秽的外城进入豪华、整饬、洁净的内城。之后，由那位精于礼数的仆从领着，李杜迈过了有生以来曾经迈过的最高的门槛，走进了有生以来曾经走进的最大的门户。这座七进宅院的主人早已在第一进院落尽头的门厅中候着他了——与初次见面时不同，这一回，他一身朝服，披挂整齐、威仪堂堂——没有多做解释，只叫下人立刻带诗人沐浴更衣。

待到李杜梳洗完毕，换上一件领口绣有藤蔓花边的绸缎长袍，再回到门前，软轿已经备好。服侍他的下人兴高采烈地催促他，几乎是驱赶着他登上了轿子。这种封闭的、摇篮般的交通工具进一步削弱了本就岌岌可危的现实感。李杜觉得自己陷身于一个无法醒来的梦境，被软绵绵的云团裹挟着飘往另外一重时空。待软轿停落后，撩开轿帘，他的体验马上被再次刷新：迎面而立的是更高的门槛、更大的门户。在他前方，官员已经下了轿，正和守在门前的某人说着什么，看见李杜，便冲他招了招手，示意他跟上。一行人进了门以后，便沿着在两堵红墙之间延伸的，由雕有各类祥瑞纹样的石板铺砌而成的步道，开始步行。走得久了，脚步在匀速的运动中被忘却，诗人只觉自己如一叶扁舟，正被起起伏伏的浪头推着前进，任由两岸的风景从身畔流过。

眼中所见，只有院落接着院落，屋宇连着屋宇，若是恰好遇上一扇敞开的门，朝内望去，就会发现院落里又围着院落，屋宇后又藏着屋宇。过多的重复使人万分疲惫，诗人怀疑自己根本是在兜圈子。或者，有没有可能，这个蜂巢结构的建筑群纯粹是为了游戏的目的才兴建的？落成当天，它的主人或主人们便从堆积如山的钥匙当中随机抽出一把，然后揣着它，开始漫无目的地转悠，从一个院落转到另外一个院落，寻找自己可以开门进入的房间。有些人很快就找到了，有些人则终其一生也打不开任何一扇门，有些人开了门却发现门后只有一堵坚实的墙……也许，设计者的本意便是建造一座名为"命运"的迷宫。

诗人的想象未能无限度地扩张下去。当忐忑的心情逐渐平复，好奇心便引领着目光，开始四处扫视。厌倦的魔咒被破除了，瓦当、浮雕、凉亭、假山、石桥……许多美妙的碎片便像草丛中的兔子，一个接着一个，从各个角落里蹦出来。这里的每一块空间都像一个巨大、精致的珠宝盒子，其中装满了引人入胜的细节。在城市的中心，这些盒子堆聚在一起，形成了另外一座城市。它的惊人的美丽，以及它给人造成的完全过剩的印象——这里几乎无人居住——使它像一座宏伟的坟墓，或一座崭新的废墟，似乎在成立之初，它便站在了时间的尽头。

这座城市之中的城市，规模超过了将它封装在里面的大城，就像一个孕育在子宫当中，身材却大过母亲的胎儿。当然，此处的规模指的并非空间的规模，其之所以大，全在于容纳了一种精神上的庞然大物：帝国的灵魂。李杜问自己，这里究竟是什么地方？莫非竟是皇帝的居所？他猜对了。

诗歌与权力的遭遇是语言的自我撞击：在那个瞬间，语言形似双头蛇的构造显露无遗。在某种意义上，皇帝与诗人有着显而易见的相似性，他们都是被指定的人，是被借用的人，是灌满了语言的皮囊；而他们的不同之处在于，不发号施令的皇帝便不再是皇帝，不写诗的诗人却仍然是诗人。

皇帝在他的寝宫接见了诗人，他最宠爱的妃子在一旁陪同。由于早已习惯于想象对方，见面之初，他们对彼此的观感与幻觉相差无几，所以才会忽略一些再明显不过的东西：皇帝没有看见诗人的卑怯，诗人没有看见皇帝的衰老。他们被摆在对方建构的神话之中，相互瞻仰了一会儿。接着，皇帝背诵了几首李杜的诗歌，并要求他进行解说。这显然是一次粗暴的入侵——诗人的领土不允许任何既定的解释驻扎其中。但皇帝的金口玉言不容拒绝，李杜只能遵命。过程十分艰难，结果令人沮丧。他看到，那些发光的诗行本来像排列整齐的星辰，悬浮在清澈的空气中，而自己却像一个愚蠢的、试图弹奏波纹的琴师，用笨拙的舌头搅浑了诗意的湖水。最后，亏得那位妃子解开了上谕和诗句绑结的死扣。此前，她一直微笑，未发一言。

"诗人在诗歌之前，解读在诗歌之后……皇上啊，咱们混淆了一条河的上游和下游，倒叫人家为难了。"她说。这时，李杜终于得到机会端详眼前这位迷人的女性。只消一眼，他便理解了皇帝对她的爱，也理解了皇帝对诗歌的爱——她的美丽和智慧都属于灵感的范畴，爱上她和爱上诗是同一回事。换句话说，她是一个被写作和吟唱出来的女人，是一首由眼波和肌肤构成的绝句，她的作者怀着无限温柔的心绪创作了她，却不慎叫一阵恼人的微风将她送进了尘世。

稍晚些时候，李杜由一位年迈的太监陪着离开了皇宫。那人手执拂尘，脸上凝结着一个恒久不变的笑容，但却十分沉默，完全不与诗人搭话。仿佛此时他并不处在，或并不完全处在一个你能够与之对话的人的状态。此刻，他是一件肉身化的公事，一个单线往来的交通工具——那道驱策着他的命令如下：将这个名叫李杜的人安顿在皇宫附近供外国使臣和进京官员居住的馆驿中，等候陛下召宣。一路上，诗人都在回忆自己方才的经历，揣摩隐含在情境和对话之中的预兆——他可算是一个伏笔爱好者，喜欢猜想命运的叙事逻辑。为了打消他的惶恐，皇帝向他申明，这个由他本人治理的，由河流、道路、城镇、农田和庞大的贸易网络编织而成的帝国，将永远为诗人保留一席之地。

"在这样一座尘世乐园之中，怎么少得了诗歌？"他说，"诗歌才是目的，才是终极的果实。其余的一切丰足都是短暂的，不值得留恋的；只是跋涉者在中途得到的安慰。"唉，李杜在心里轻叹一声，同时冒出了一个令自己吃惊不已的念头：这人倒算得上一个善人，可惜却染上了一种高高在上的疯狂。

此后一连数日，李杜在馆驿之中无所事事。这座高大的多层建筑热闹得像一个封闭的街市，里面尽是些远道而来的社交狂人：其中一部分出于蛮族或岛民特有的天真，将友情视为最具价值的收藏，而在他们看来，与一切种类的藏品相似，朋友若是产自遥远的异国，便更显其珍贵；另一部分则出于世故和猎犬般的情报嗅觉，对所有人的行止充满好奇，力求从每个人的嘴里挖出秘密，旁人身上哪怕并无任何可疑之处，单是"陌生"已足够叫他们不安。

在这里，诗人交到的第一个朋友是一位名叫卑路斯①的王子。他的王国过去以华美的金属制品、一个绰号叫作"野驴"②的英雄，以及对火焰的崇拜而举世闻名，但被战争的潮水反复冲刷，此时早已残破不堪。

两人结识之后不久，李杜便发现他的这位个性直爽的，只容许弯刀和髭须两种弧度存在于己身的朋友患上了一种可悲又可爱的疾病：一种可以称之为"永远相信"的疾病。这种疾病让他失去了对语言的鉴别能力，无法从任何有关人与事的评述中分辨真假，时常对卑鄙的欺骗和恶意的嘲弄深信不疑，并且自然地、真心地崇拜夸大其词的庸人，蔑视谦逊有礼的君子。为了治愈他，李杜大量运用了那些半真半假的、不真不假的、在真与假的对撞中迸溅而出的句子，这是诗人特有的技艺：无中生有，以有为无，用说谎话的方式讲真话。简而言之，他给王子说故事。

故事中唯一的角色，一个倒霉的巨人，在出生后不久，不知何故，开始一日千里地成长。那会儿，他正坐在摇篮里发呆，摇篮突然就碎了。屁股还没挨着地，脑袋又狠狠地撞在屋顶上。那猝不及防的喀喇一声还在耳

---

① 见《唐代的外来文明》（谢弗著，吴玉贵译，中国社会科学出版社，1995年8月第1版）："在前来唐朝的使臣中，最显贵的人物是波斯王伊嗣埃三世的儿子，萨珊朝后裔卑路斯……"（第19页）

② 即萨珊波斯最为著名的帝王巴赫拉姆五世。

边回荡，仰脸一看，除了一片天空，头顶之上已是无遮无掩。他发现，自己方才还身处其中的房子，此刻正像个木枷一样套在他的脖子上，而且正在急剧地收紧；刚要为窒息的风险而担忧，不承想，砖石垒成的墙壁竟脆弱得像个水泡，一触到他的皮肤，就被轻而易举地撑破了。高大的山峦在他面前缩小为蚁丘，奔腾的河流变得像一根亮晶晶的绳索，一只苍鹰钻进他的睫毛，溺死在一滴泪水里。很快，地面以及他的下半截身体，都隐没在层层叠叠的云雾之中。他闭上眼睛，任凭自己扎进云海深处，一边啜饮雨露，一边做梦。随后，一片明艳的蓝天豁然出现，唤醒了他。直到此时，他才真正意识到自己有多么巨大。我可以举起太阳，他想。而这颗炽热的恒星，这盏世界的明灯，就在他面前旋转着，缓缓地从一个几乎与他等高的球体缩成一颗指节大小的红色珠子。之后，他的头颅连光的领域也越过了，伸进了黯淡，伸进了虚空。许多无法描述的事物从眼前掠过，无数奇形怪状的天体像鱼一样在周遭游动，有些在膨胀，有些在收缩，令他深感迷惘，不知道自己是在变大还是在变小。我进入了无限，不，我就是无限，他想。然而，就在他既得意又虚无地以宇宙的标尺自居的时候，却撞上了一块牢不可破的穹顶。在突如其来的重压之下，他的脖颈、脊梁和膝盖格格作响，被迫弯曲成一个屈辱的、等待受刑的姿势。于是，他就这样死死地卡在了天与地之间。无度的生长不能使他继续攀升，只会加重他的痛苦。时间像个无情的监工，每时每刻都不忘给他的肩头再添上一颗砝码。他的哀号声经年累月在世间回荡，并将一直延续到时光尽头。在那里，一个永恒的黑夜正等待着他。"啊，"他悲叹道，"这该死的二元性。"

对阿特拉斯施以刑罚的并非宙斯。众神之父掌中的雷电可以毁灭一切，但无法让一个骄傲的人俯下腰身、垂下头颅，更无法让他心甘情愿地承担牲畜的劳役。宙斯只不过是一切苦难的托词，是对命运之暴虐的一种统一的命名。事实上，是其自身的庞大给阿特拉斯招致了无穷无尽的痛苦。天上地下，到哪里才能找得到足够的空间，容得下他展开身躯、抻开手脚呢？

"无限被囚禁在有限之中：一个悲剧。"听完故事以后，王子皱着眉头，有些犹豫地说，"我从未见过这个巨人……事实上，我还没有见过任何一个巨人。以往我觉得巨大的事物总会很显眼，但听你这么一说，我才明白，若是巨大得超出了某个限度，反倒还不如一粒微尘更有存在感。"

"不，不，你还不明白。我只想告诉你，有真必有假。"诗人说，"我在虚构。虚构，你明白吗？"

"虚构！我懂了。你虚构了你的在场……当然了，你怎么可能在场呢？你能以什么形式在场呢？若是在场，又怎么能完全避免对事件施加影响？不过……若是你并不在场，又怎能如此了解内情？我的朋友……现在我完全明白了。你以这个虚构的在场亲眼见证了一切。难怪啊难怪……曾经不止一次，有人对我提及诗人的魔力……"

"也许我虚构了一个在场的不在场者，也许我虚构了我自己……"面对这无懈可击的天真，李杜深感词穷，"嗯……那么……接下来，我要问你一个问题。其实，我应该早点问的……之所以没问，是因为我无法预计提问的后果……仔细听好了……如果我告诉你我在说谎，你信吗？"

垂下头，沉思片刻之后，卑路斯缓慢地，似乎无比艰辛地反问道："你希望我因为相信你而不再相信你吗？"语调哀伤，几乎像是在呻吟。

双方都没有得到答案。

在等待召见的日子里，两种水果和两场灾难在各自的寄身之所暗地成熟了。王城里的人们相继尝过了那年的第二茬枇杷和头一茬荔枝，之后，溽暑倏忽而至，天气闷热阴郁。被乌云捂在怀中的雷声，像病弱的野兽有气无力的喉音。雨将落而未落，让人也跟着犹疑起来。

一天接着一天，李杜陷入了一种不确定的等待，懒散得近乎一盆植物，只能坐在窗口发呆，一边胡思乱想，一边回味着舌尖上残余的、无聊的甜蜜。

偶尔会有迷路的信鸽在诗人的窗前停落——带着扑空的思念、搁浅的阴谋，以及永不兑现的殷殷期盼——成了他的俘虏。往往要在屋檐下暂住一阵，有时是一个时辰，有时则需要几天，直到他完成一首与月亮、江河或者山峦有关的诗作，用以替换别在它们足环里的那些意在言外的字条。每次放飞一只鸽子，就仿佛放走了一颗洁白的心脏。他的胸口空空荡荡，开始一点一滴地积蓄遐想：这些诗歌会否被收信的人当作永远无法破译的秘密？围绕着这些被谜语化的诗句，会产生多少种意想不到的解读？鸽子和人，哪一个更善于遗忘？解除了使命的束缚，它们的翅膀会把它们带往何方？也许不久，这些诗歌就将在鹰爪下粉碎，或是在无人的旷野中化作泥土、混入芒荒。

皇帝的召宣还是来了。对于等待与被等待的人，时间是迥然不同的。在宫中再次会面的时候，他们的相对位置与第一次相比几乎毫无变化。在皇帝看来，在一瞬之前他们刚刚见过，对诗人来说，那已是另外一世的遭际了。正因如此，李杜对于眼前这个陌生人的熟络劲儿颇觉费解。这个人已经有那么多的儿子，却好像还嫌不够，他想，莫非他还想做我这个没有父亲的人的父亲？

在帝国网格状的版图中，每一个家庭，即图中的每一个方格都可被看作一个袖珍帝国。在这些大大小小的格子里，具有最高权威的人通常是一位父亲。作为帝国的首脑，一位英明的皇帝，其执政的最高目标便是成为国土之上所有人的父亲；他恩威并施，一心想赢得每一个人的敬爱与服从。然而，在家庭当中，子女的成年便意味着父亲的衰老和权杖的交接。因此，统治术的核心要义，便在于令被统治者终止成长——"分别善恶树上的果子，你不可吃，因为你吃的日子必定死"。每一位成功的帝王，都具有药剂师的本领。他们在朝堂之上勾兑各种谋略，加以权力的威吓作为药引，调配自己的独门汤药，用以填喂所有的子民，使他们永远处于童年。而童年之所以甜美，正因其总能适时结束，无休无止的童年只会酿成痛苦的噩梦。

皇帝赞扬了诗人的作品，并将读诗比喻为登山。

"从第一行的第一个字开始，一路向上攀登，直到最后一行的最后一个字……站在高处，带着一种虚脱之后的快意俯视人间，一切都变得渺小、遥不可及……"他顿了顿，脸上现出练达的微笑，眼神却透着迷惘，"是的。我早已习惯在高处俯瞰芸芸众生，但那只是一个局外人的视角……透过你的诗歌，我才看得分明，原来我自己也是无数尘埃中的一粒。"

饮下御赐的美酒，李杜的嘴里泛起一股难言的滋味，那是一个人在吞下他人的误解时常会感到的苦涩。他写诗，不得不以诗性的方式表现人间疾苦，不得不将血污变得浅淡、将尖叫变得婉转，但这并非他的本意。他因此而羞愧，因此而充满负罪感。他觉得自己太轻盈，太超然，太执着于天空了。他宁愿写出沉重不堪的诗，宁愿扯掉翅膀，宁愿深入泥沼。他不愿自己的无能被视为才能。"优美是我的病，"他对自己说，"我想将伤口直接呈现为无法承受的疼痛，可人们看到的只是一道艳丽的印痕。"

话题持续了半日之久，涉及贫穷与饥饿，劳作与匮乏，但除了语言本身的衰竭，诗人感觉自己什么也无法传达。殿柱的阴影像一条灰色的手臂，从晌午够向傍晚，逐渐倾斜、拉长、黯淡、失去轮廓，将两个男人挡在各自的领域之中。夕阳的余晖漫过美丽的王妃，向她献出了一日当中最美的一刻，犹如捧出了最后一朵玫瑰，之后便缩进角落里，暗自凋谢了。酒意微醺的皇帝唤来乐师，叫他们务必演奏一首绝妙的曲子，以衬如此良辰美景。之后，灯火通明的寝宫便一直在乐声中漂浮，如同世界消失后余留在夜空中的唯一一座橘黄色的岛屿，时或从御花园里传来几声鹿鸣，仿佛宇宙太虚随手应和的几点琴音。一向沉默寡言似画中美人的王妃，缓步来到殿堂中央，抬起手臂，扭动腰身，动作优美且充满谜一般的伤感，仿佛天使在神的鸟笼里拍打双翅。起雾了。这或许是世上最小的一片雾了：它仅仅覆盖了诗人的眼球。透过朦胧的帐幕，他看着这具莲花般的肢体在飞速流逝的光阴中摇曳，痴迷于这种指向终极的、末日的美。他知道，这一切不可能重现：不会再有这个夜晚，不会再有这支舞蹈……连同他此时此刻的忧伤……连同这番感慨……都不会再有了。

一次，我赴外地作短期旅行。返程前夕，一位当地的朋友为我送行。那是一个分外寂静的夜晚，他抬头仰望夜空，微笑着说："'人有悲欢离合，月有阴晴圆缺'，人与天道就是这样奇妙的应和着。"而我却悲哀地想道："是啊。'阴晴圆缺''悲欢离合'，能让天与人如此默契地彼此呼应的，唯有无常。"我猜测，在我与他之间，在这两种意见和两种心情之间，存在着一种主与客的辩证。

那一晚，出宫之后，李杜独自一人在城市中游荡。午夜的集市像散场之后的戏台，亦如字迹消隐之后的册页，卸掉了开放性的、公共性的妆容，重新摆出自在之物懒散的、拒绝意义的姿态。人潮退去之后，土地仿佛出现了一种返祖现象：在街道、房屋和院落之间，充斥着一种通常弥漫于荒山、洞穴和密林之中的古老的静谧，只可感知、无法描述，令人无所适从。虫鸣和风语都是这静谧的一部分，只有心跳构成了另一个声部，似乎这个走夜路的人便是天地之间唯一的活物。酒寒袭来，李杜接连打了几个冷战。他感受到一种属于祭坛的孤独，一种可悲的神圣性笼罩着他，让他的一举一动都充满仪式感——仿佛这片空旷把他高高举起，献给了天空与众神。

深夜的城池是神的酒窖。正如人们嗜饮稻谷的梦，神也喜欢在黎明之前小酌一番，喝掉那些在床笫之间发酵，在棉麻和绸缎中流溢的醇酿。因此，睡着的人是有福的，他想，他们对自己的牺牲一无所知。

前方街角转出两盏灯笼。那是一辆破旧的大车，由两匹瘦马拉着，伴着吱吱呀呀的响声，晃晃悠悠地朝他驶来。驾车的是个铁塔般的壮汉，在红光的映照下，脸上的鼻环显得格外触目。车在李杜面前停下——他们在第一时间就认出了彼此。在诗人因病卧床期间，此人曾以与其外表完全不符的温柔对他说起他的情人和他的马。他说，想必她已经成了别人的妻子，而它则作了她的嫁妆；那片远在天边的草原，已不再是他的家。

车上的人们纷纷下来和诗人寒暄，个个都是他在这座城市里最初结识的朋友。这么多人同时对他说话，急切地，难以自抑地，像是许多个壶嘴挤在一起，对着一只杯子倾倒着。这么多来自不同语种的，被口吃、口误、有意无意的停顿、重复和含混剁碎、搅乱的句子，簇拥在李杜四通八达的耳朵里，被他以独有的奇工巧艺拼缀在一起，对此次偶遇的前情做出了大致的说明。原来日前，神算子当着所有人的面说出了一句若有所指，偏又似是而非的预言。在场的人多数一头雾水，少数几个自认为听懂了的，理解也各不相同，但在一点上所有人都达成了共识：这句预言是一次警示，告诫他们留心某种危险，并要求他们即日结伴离去。

那天，盲眼的预言家如是说："从低处袭来的大雨最为伤人。"而今晚，他一直远远地站着，待到人丛散去之后，才走近诗人，面带微笑，如总结陈词一般对他说道："记住这一刻吧。这是我们的重逢，也是我们的第二次离别。"

马车没入夜色。李杜仍在回味方才那阵倏忽而至的沉默，以及朋友们无辜的背影——宛如黑暗中远去的羊群。任何一次聚会都难免遭遇这样的时刻：语言突然离弃了人们，将这张口结舌的一群抛掷在庭院里、酒桌旁的荒芜之中。这一窘境包含了最大程度的滑稽和最高限度的肃穆，构成了所有喜剧和悲剧中最为有力的情节：就像在野外露宿时被突如其来的风卷走了帐篷，人在毫无征兆的情况下被剥夺了庇护之所，被还原为野兽，孤苦无依，只能独自承受存在的重量。接着，他又进一步想到，这座伟大的城市本身就是一场醉生梦死的聚会，帝国将无尽的财富和权力注入其中，希望它能永远持续下去。在这方城池之内，集齐了世间所有的欢乐。但是诗人天生悲观，他断定，这种大而全的享乐和地狱一样，属于终结性的事物。

此时，李杜正好走到城墙边上。一阵令人窒息的劲风从面前扫过，沙尘迷了他的眼。透过泪水，他模糊地看到墙上的青砖在簌簌抖动，之后又一个接一个地翻转过来，露出了它们的真实面目：每一块砖上，都生出了一张灰色的人脸。每一张脸都是同一副表情：双目紧闭，嘴巴痛苦地张开，一齐发出嘶哑低沉的吼声。这时，诗人惊恐地想到一个可怕的传闻：在一场战争当中，有人想出了一个只有恶鬼才能欣赏的创意，将杀戮变成了一项宏伟的工程——他们以敌人的尸身代替砖石，搭建高高耸立的纪念建筑。这还有个好听的名目，叫作"筑京观"。

天啊，原来这座城市是这样建起来的，原来世间的每一座城市都是这样建起来的，原来每一道高墙都是用死人垒成的"京观"，就连那座天上的乐园也不例外。他浑身战栗，跌跌撞撞地跑回了驿馆，一头栽倒在床上，病了好几天。

没等他起身，就有消息传到耳边。在亲手为他煎好最后一碗药汁之后，他的大夫满怀歉疚地向他道别，并将近来发生的重大变故一五一十地讲给他听。"京城危矣。"他说。原来，一支堪称虎狼之师的叛军正从东北方向杀来，首领是皇帝的义子，一个凶狠狡猾的异族人，以往因其肥胖和献媚之能在朝野中知名，如今，一旦亮出了小心翼翼地埋藏在赘肉里的野心，便立刻成了帝国天空中最具煞气的一颗凶星。

据说，那是一个酝酿了许多年的阴谋，包含无数次欺骗、背叛和肮脏的交易，始终在暗地里进行，直到被一个突发事件打断——某一天，那位义子收到了一封没有署名的飞鸽传书。他笃定信件来自自己多年以前安插在朝廷里的一名内线，尽管早已忘了此人的名字和样貌，但他仍然觉得自己可以毫无保留地信任他。那是一张淡黄色的绢纸，上面题有几句诗，诗中写到了奔涌的河水、衰老的容颜和金质的酒器，被从不读诗的义子分别解读为京城的守备情况、邻近地区的军事动向，以及一个鼓动他尽早起兵的倡议。于是，地下的就此转入了地上，纸上的刀兵掀起了现实中的血雨腥风。

李杜拖着尚未痊愈的病体走出了房间，然后又走出了业已空空荡荡的馆驿。外面只有一片冷清，没有营业的店铺，没有游逛的行人，街道仿佛仍在沉睡。迎面走来了他的朋友卑路斯。王子专程来见诗人，邀他与自己同行，脸上挂着一抹明媚的笑容，仿佛等待着他的不是一场逃亡，而是一次郊游。

"咱们走吧，去天边，说不定能遇到那个巨人。"他说。连日以来的高烧令诗人暂时失声，无法作答，只好由得他挽着自己没头没脑地向前走。王子与诗人在城市的腑脏间穿行，碰上了两拨赶往城楼轮值换防的卫队，士兵们个个小步快跑，高喊口号，脸上带着那种只有战争才能批量制造的，既愤怒又欢快的古怪表情。时不时有几名百姓、几辆马车从他们身边掠过，去向各不相同，但可以肯定，都是奔着出城去的。出走的人顾不得关窗锁门，沿途的屋子多数户牖大敞：私人生活的堡垒率先沦陷了。如同森然的铠甲被撬开以后，露出了内里温热的肉身，一旦被人遗弃，木头和石头不必再摆出冷硬的姿态，倒像是有了自己的体温，全成了活物，如同一排蹲在路边看热闹的、目瞪口呆的猴子。在这堆痴傻之物的注视下，王子和诗人经过官署、民宅和街市，一直来到了运河码头。一位艳如桃李的美人——李杜的红颜知己，连同她那艘巨大的画舫早就在岸边候着他们了。

在卑路斯的祖国，统治阶层历来对航海和战争有着超乎寻常的热情，这位流亡的王子也不例外。在生命受到威胁，不得不背井离乡的时候，他也没有忘记带上两位船舶专家随行。这简直就是两个神奇的魔法师。他们用两大卷帆布、数十根竹片和几桶橄榄树脂，将这个移动的烟花巷改造成了一座在浪尖上滑行的堡垒。也许是未雨绸缪，也许早就有乘船远行的打算，在叛乱发生之前，名妓用她多年的积蓄购置了一大批物资，包括白面、大米、黄豆、各类果脯、腊肉、火腿、酒、茶叶和药材，将甲板下面的储物舱撑了个满满当当。如今，几位经验丰富的马来水手已经做好了起锚的准备，只等船上的女王一声令下。而此时，她正挥动这双掌控一切的手，邀请她的情人与她一同踏进这座水上宫殿。于是，一干人等鱼贯而入，依次是名妓、诗人、卑路斯王子和他的亲随、六名男仆、六名女佣、两名厨师，队列里还夹杂着两条卷毛狮子狗、两只碧眼波斯猫、两只白毛凤头鹦鹉和两只大耳白兔。

在他们起航之后的第七天，从城外飞进来的箭雨淋透了这座城市。

大船沿着运河向东行驶。这一路之上，他们饱览了死亡缔造的奇观：看到了静卧在火焰之中的村落；看到了挂满人头的大树；看到婴儿伏在母亲的尸体上吮吸血色的奶水；看到搬运死人的牛车像满载而归的渔船，在夕阳下左右摇摆、缓缓挪移；看到满嘴鲜红的野狗，叼着人的内脏和残肢在废墟中穿梭。

帝国已经变成了一座大屠宰场，这一行人却安然漂浮在沉睡不醒的河面上，只是偶尔靠近被噩梦折磨的大陆，在凄厉的尖叫声中惊坐而起，呆望一阵，然后又再次睡去。时不时地，王子便会将一项危险的任务指派给他的一位勇敢机敏的随从，叫他独自一人去岸上打探情报。有一次，他划船归来，才爬上甲板，就迫不及待地向众人宣布战争结束的消息，但随即又打断了大伙儿的欢呼，以沉痛的语气告诉他们，一场更为悲惨的灾难正拉开序幕。原来，大规模的逃亡导致大面积的耕地长时间被荒置：席卷帝国的饥荒已不可避免。无法满足的食欲和无法遏抑的野心同样可怕，比惊涛骇浪更具破坏力——船依旧不能靠岸，他们依旧只能在这种起伏不定、变动不居的物质之上生活。

这背弃了土地，随波逐流的一群，虽逃过了末日，却躲不过判决，无论品茶或是饮酒，都能尝到焦土和血污的滋味。尽管灼烧声带的炎症早已痊愈，但诗人继续缄默不语。就像一只吞下了石头的百灵，情人的爱抚和曼妙的琴音都不能打开他的歌喉。终于，大船行驶到河流的尽头，和洄游的鳗鲡一起进入了大海。

自此以后，不再有方向，不再有岸的羁绊。靶已被撤走，箭仍在飞行，所有人都在不息的运动中衰老了，除了诗人。作为一个既幸运又可悲的时间的旁观者，他眼看着同伴们一个接一个地被虚无俘获。厨子走了，水手走了，男仆走了，女佣走了。随着一颗流星划过天际，他的情人呼出了她在世间的最后一口气，没有少女的芬芳，只有牙龈腐烂之后的口臭。一次，冷不防涌来一个不大不小的浪头，站在船首远眺的卑路斯王子没有站稳，跌了一跤，之后便再也没有起来。床榻载着他，从另外一条航道驶入了冥河。诗人坐在一边为他的朋友送行，一脸悲哀地凝望着他，在心底无声地说着挽留的话："再等等啊……还没到天边呢……你还没有见到那个巨人呢。如果找到他，咱们头一件要做的事，就是把他的死还给他。死，本来就是为巨人准备的超级睡眠，像咱们这样一个渺小的族类，哪里消受得起？已经很久了，他一直都在失眠，而我们，一旦死去就再也不能醒来。"

八 远航

　　海上的日子总是难以结束。像一个精疲力竭，却无法真正死去的士兵，夕阳的血似乎怎样也流不尽。舞台太过辽阔，会将角色的退场变作一场无休无止的远航。

　　语言是轻佻的，总想夹带一些可耻的浪漫主义，"远航"一词，一旦说出，便有过度美化的嫌疑。诚实地讲，水手们的阳刚与坚毅，还有发生在甲板上的殊死战斗，都是经不起推敲的虚构；所有可歌可泣的求生戏剧，都是无聊的幻想和软弱的自欺。出于某种荒谬的原因——彻底的独处反会使人加倍虚荣，完全的绝望会滋生虚假的希望——饮鸩止渴对于常年在光秃秃的甲板上生活的人而言，是极为普遍现象。谁都明白，与海的规模相比，无论扁舟或是巨轮，都只是风浪手中的玩物，都只是无足轻重的蝼蚁。自知必败无疑的海上牧民们，穷尽了集体的想象力，终于偷偷地修改了胜利的定义。于是，愚蠢导致的自杀行为被称为冒险，喜欢像骰子一样被浪头抛来抛去的疯子则赢得了普遍的敬意：无边无际的液体坟场，给涂脂抹粉的死亡蒙上了魅惑的蓝色纱巾，令惧怕脚踏实地的懦夫们陶醉不已。

勇士之勇，在其敢于直面生，而非执于投奔死，诗人想。作为出色的语言魔术师，他对这些偷梁换柱的戏法缺乏兴趣，只关注那些最具生命力的隐喻——隐喻，即用语言点燃物的潜能，使其跃出自身。他的航海日志上写满了许多谜语般的词条："风暴：空间的狂奔，一个失去了身体的兽群；锚链：无法断绝又不能重连的脐带，一串环环相扣的悲哀……"此两者暗示了他，以及所有其他人的命运。而最为根本、最为丰富的隐喻自然是海。它的整体属性，让远离人世的诗人一再联想到波谲云诡的社会，联想到由假想的善和必要的恶一起来维系的共同体。事实上，整块大陆便是一艘庞大、沉重、缓慢的航船，在海上年复一年地行驶。船上的人假装对自己的处境一无所知，但渴望幸存的本能还是让他们为了争夺一块甲板、一只浮桶或一根桅杆而相互厮杀：真是一个生生不息的美杜莎之筏[①]。

在移动的牢狱里，浮沉之间，很难说会有某种"生活"。

诗人白天在昏暗的底舱躲避毒辣的日光，夜里则爬上甲板，从冰凉的星光中获取并不存在的热量。遇上坏天气，他在自己那无根的房子里被风浪恣意摆布，常常呕吐到昏迷；然而，真正的噩梦却是那些好天气。海上的晴朗令人畏惧，其中隐含着一种风平浪静的野蛮，仿佛正午的日头跌落在海面上，摔成一摊炫目的碎片。赤裸的、肆无忌惮的波光损害了他的视力，也破坏了他的理智，让他整天觉得心惊肉跳，没来由地朝一条死鱼或一只酒杯大发脾气，对着幻想中的妖魔厉声尖叫。他被海盐和失眠弄哑了嗓子，被糟糕的饮食搞坏了肠胃，最糟的是，完全被动地上下于波峰和波谷之间，会使人渐渐丧失平衡感。对于他，不再有任何事物是稳固的。有时，他甚至觉得自己也已被海同化，中了第一元素[②]的妖术，成了一种变幻不定的物质，在海风的吹拂下荡漾着，在颠来倒去的甲板上四处流淌。

---

① 　详见法国浪漫主义画家泰奥多尔·席里柯的画作《美杜莎之筏》及其背景故事。

② 　关于三大元素或四大元素的思想在前苏格拉底时代的古希腊哲学中十分普遍，此处取米利都的泰勒斯的说法，即推水为第一元素。

影子的陪伴对他愈发重要。作为参照，他的黑犬以一个沉默而坚定的轮廓为他的存在作证。有时，它对他的亲昵程度超出了一个人所能给予其伴侣的最高许可。像一个得寸进尺的妻子，它不仅亲吻他，还啃噬他；紧紧抱住他的身体，也紧紧抱住他的魂魄。他们乍分乍合，在一次次的危机中收获了任何一方也不能自行拆除的默契。有时他在它的腹腔里睡去，有时它用他的嘴巴叹息。有时他们紧紧依偎在一起，相互覆盖、相互遮蔽：在一片沉重的、乌云压顶的静谧中，潮水如闷雷一般阵阵涌来，像海的鼾声，像宇宙的呼吸。

在一座神秘的紫色珊瑚岛附近，他们同一个垂死的水手偶遇。在咽下最后一口气之前，这可怜的人已经在用一种阴间的嗓音说话了："是死是活，对于我，已经不再重要了。我的实有已成虚无，我的肉体就是一个幽灵。"

据他所说，一群生有玫瑰色羽毛的塞壬在这一带栖息。仿佛黯淡的天空泣下的血滴，她们——正像水手都被默认为雄性一样，这种迷人的生物均被默认为雌性——总是在午夜时分降落于前方的那片礁石滩上，袒胸露乳，以海藻般柔媚的声带演绎一种没有唱词却意涵丰富的歌曲。这些令人着魔的音乐家如同细碎的花瓣，装点着黝黑的礁石，给所有途经此处的船只营造了一个绝美的险境。

只消听过塞壬的歌声，无人能免于癫狂，但并不一定会即刻发作。这种致死的乐音在不同听众的身上会有一段长短不一的潜伏期，也许是耳朵的形状或性能决定了其孵化时间，也许这背后并无规律可言，一切差异纯出偶然。总之，有些人刚被一阵突如其来的海风拽离乐音的迷阵，转瞬之间便被耳中的灾变夺走了理性；有些人却在余生之中一点一滴地丧失了他们曾以人的名义填塞在年龄和躯壳之中的全部内容，即使他们的终身伴侣对此也从未觉察：无人能够辨认尸体的疯狂。

或许，塞壬并非只擅旋律、不谙言辞，她们的语言既超前又滞后于时代。就像雷与电的战术离别：声音与意义总是兵分两路，前后夹击，颠覆历史，颠覆启蒙的一切根基。而启蒙的时代本就可长可短，对于某些人而言不过是一次眨眼，对于另一些人来说则是整个人生。

饱胀的船帆和诗人的求死之心推动着大船缓缓地靠近前方那座没有墙壁的音乐厅。塞壬们早就候在那里了，眼睛噙着泪水，如同悲伤凝结的钻石，被羽毛围饰的脸庞挂着惊愕和愤怒的表情。诗人经过，她们唱歌。他在歌声中沉沉睡去，在一种久违的香甜中返回懵懂却快乐的起点。每一回，他在陌生的海域醒来，都会暂时失去说话和思想的能力，会被滔天的委屈和失落感淹没，像一个苍老的婴儿，在他的巨型摇篮中号啕大哭。而后，他便会调转船头，想尽一切办法驶回塞壬们身边。语言像最后一片遮羞的树叶，从他的身体上脱落。怀着史前时代的仓皇和恐惧，他东走西顾、茫无头绪，直到她们碎片般的身影终于在海平面上浮现。

一次又一次，周而复始，他在波涛堆砌的迷宫中搜寻她们，追逐着他的奶水和他的灵药。然而，或许是大海有意阻挠，或许是诗人的执着令塞壬们彻底厌倦——以至于她们拒绝为他歌唱，拒绝为他降落，甚至拒绝继续存在。有一天，他再也看不到塞壬的踪迹，再也听不见塞壬的歌声了。一针见血的痛苦帮助诗人识破了塞壬的真实面目。她们由抽象的母性化身而成，堪称一部哀怨百科，对每一位偶遇的水手，对每一个母亲的儿子都怀有狂热的欲念：一种食人的眷恋。

被歌声诱捕的猎物，往往在坠入陷阱时才发现，他们费尽心机地长大成熟，一门心思想要逃离，自以为习得卖命的技艺、练就粗犷的男性气质便能万事大吉，自以为通过莽撞的出走和不辞辛劳的流浪，便能远远地将母亲抛给故乡和回忆，到头来却还是被困在渺茫的、无边无际的子宫里，不仅无法自立，甚至不能真正出世，只能在她的温柔与狂暴之中葬送自己。

海是塞壬的伴生物，它的汹涌和她们的迷茫均出自分娩之后留下的无法填补的匮乏。而诗人呢？诗人没有母亲——没有来源，没有理由。这是一种更为优先，因而也更具决定性的匮乏。他渴望交出自己的生命，但这一过分慷慨的赠予连那些永不餍足的索取者也无力承受——以更匮乏的匮乏补给匮乏，以更虚无的虚无充实虚无，这如何可能？

至于久居陆地的我们，往往都以为自己是听而不闻的尤利西斯，但事实上，大伙儿都是喋喋不休的塞壬——一再被辜负的言说者。

诗人与弃儿的双重忧郁使得刚刚忘记自己名字的男人丧失了最后的实在感。经年累月，他不仅仅在水面上，也在自己的身体中漂浮。对于他，海上的风风雨雨都是胸中的气象。这座暴躁的液态荒原，以其变幻万方的、介于丝绸和琉璃之间的地质地貌，以无休无止的自我摧毁和自我重塑，消弭了他的过去，并把他的现在安置在一个动荡的蓝色梦境里。这个梦的特殊之处在于，它没有虚构任何幻觉：梦中的他什么也没做，仅仅是闭着眼睛在颠簸的黑暗中思考他正在思考的。

怎么会呢？不对啊，他想，如果连梦也绝对地屈从于现实，如果我仅仅是梦见这些千真万确的事情，那么，它还能算是一个梦吗？我这能算是睡着了吗？也许，这堪称一条有力的凭据：夜晚明显被拖长了。在梦里，它绵延不绝，如同无穷无尽的海岸线。

诗人明白，唯有死亡才能赐予人们最为漫长的一夜，不过，与之相比，这个夜晚也仅仅只是稍逊而已。海在月光下大口喘息，百褶裙般的浪头层层叠叠，驶向某道遥不可及的边界，就像从嘴角涌现，又无可挽回地在空旷的夜色中消逝的诗行——任谁也留不住这些思想凝结的露水。突然，一阵不期而至的巨浪粉碎了他的安眠，掀翻了他的梦乡，差一点叫他魂飞魄散。在群星的注目之下，海像一面咆哮的镜子，将他和他的帆船高高抛起，掷向它的情人和它的主宰——它一直单方面、无条件映照的天空。在抛物线的最高点，诗人睁开了眼睛，看到一个庞然的身影，仿佛一座行走的山峰，在海面上缓缓移动：这是诗人在多年航海生涯中唯一一次与海神相遇。

那时的海神已经是一个须眉皆白的老人，浑身披挂着星光，在海上跨步前行。一边走着，一边摇晃肩膀，抖落搁浅在微驼的脊背上的鲸群，神色中饱含着一种压倒性的、不可逆的疲惫。健硕的体态正在被松弛的皮肉瓦解，仿佛竖立在神殿中央的一根雄伟的蜡质支柱，被衰老——一种由内而外的火焰——炙烤，渐渐融化；手中锈迹斑斑的三股叉，犹如一株长出牛角的参天巨树，又身裹满贝壳碎片和腐烂的藻类植物，散发着铺天盖地的腥臭气味。

他朝诗人垂下头颅，如同一座会说话的城堡从山顶滑向深谷，在半空顿住。对于诗人来说，从这道漆黑的、隐约可见凌乱错落的焦黄牙齿——神秘而丑陋的软体动物在齿缝间浮动，狰狞的怪鱼在蛀洞里栖息——的门户里喷出的每一个字都仿佛是炸药炸出来的，再和善的语气，再谦逊的表达都只会化作骇人的惊雷。"从冒险家的乐园到逃亡者的牢狱——这是海的堕落。在海上，我已有很久没有遇到像你这般从容的人了。"他说。

以往固若金汤的舰船，如今显然太过陈旧了，让它四分五裂的风浪不过出自海神的一声叹息。在一截残破的甲板上，诗人仰卧着，因为受惊过度，反而显得格外淡定——也许，所谓大彻大悟，无非是一种如梦方醒的茫然，正如弃绝生命常被认为是对生命的最为积极的把握。海神向这个永生的悲观主义者致以崇高的敬意，捧起他，搁在自己的肩膀上，携着他在形似深蓝色天鹅绒的洋面上行走，以轻柔得如同呢喃的嗓音与他交谈。

"看啊，多么离奇，又是多么合理：一个书写者挂着他的笔，在无垠的纸张中跋涉……"愁容满面的老人举起那柄象征着天意与尊严，如今却已被岁月污损的神兵，指向海天交接之处，继续说道，"唉……属于我的这片原野注定是一片荒芜，我日复一日地耕种，却只能一无所获……而我的拐杖，我的武器，我的第三条腿，我的第三条臂……它和我一同长大，我是攥着它出生的……凡是在海上谋营生的，没有谁不曾见识过它的威力。但比这几支无坚不摧的矛尖更为锐利的，是它施与我的嘲讽：看啊，你声称这里是你的领地，在这里你能够随心所欲……可事实上呢？给你世上最强大的兵刃，你都不能用它留下任何痕迹。"

海神一路感慨着。被海水浸泡得太久，他的神甲早已褪去光彩，如同被深林掩蔽，得不着阳光的树皮，灰暗、霉湿、陈旧，裹着日渐老迈的身躯。褴褛的布条底下隐现惨白的皮肉，给人以一种非同寻常的印象：其赤裸超出了某种限度，如同贝类动物被迫袒露敏感脆弱的肉体。"不，它不理解我……当然了，怎么可能理解呢？这是我与自己立的一个契约……这是写作者的操守……"他接着说，"亿万年来，我一直在写，但从未满意过，从未完成过，从未有任何一个篇章、任何一个段落、任何一句话，曾经让我动过要将之留存于世的念头。主要问题出在哪里呢？"

他故意做出一副满不在乎的样子，用三股叉在海面上随便划拉着，用孩子般的口吻赌气似的说道："也许，我的苦恼就是我太会写了……我的手腕制止不了笔杆的舞蹈，只能源源不断地喷溅一串又一串的纸上珠玑……那些精美的排泄物让我恶心！天知道和才华作战有多么难，我能轻易地写出波澜壮阔或风平浪静，但无论我怎么千变万化，始终还是摆脱不了一种可悲又可恶的单调……这么说吧……我费尽九牛二虎之力也写不出一个平淡的句子……我充分地展示了文字的力量，可是却表现不了文字的无力……即使有，也是通过抑制力量和否决力量来实现的……那得用更大的力量……"

此时，诗人的注意力被他从未如此靠近过的云丛所吸引。这些天空的泡沫，梦幻的棉麻，堆积如山，裹藏了雨水和雷电，犹如一只中箭的玄青色大鸟蜷缩在双翅之中。只有在这个高度，才能看懂其中的悖谬：一眼望去，你以为云是静止的，仔细一瞧，它却在飘动，努着劲再看，它却还是静止着。也许，它的静是动之静，它的动是静之动，无论哪一种，都只是参照物的恶作剧。真正令诗人着迷，并给他宽慰的是，透过厚厚的云层，从夜的巢穴，不，是夜的深渊之中，浮现出一些微茫但温暖的迹象——他明白，唯有这埋葬一切的深渊才可能孵化太阳。

"什么？你问我为什么要和才华作战？"海神以时而戏谑、时而庄重的语气自问自答，"因为它总强迫我表演一种不属于我的高明……要诚实……这是我的自我期许……然而，直到最近我才弄清楚，这不可能……诚实不可能，不只如此，诚实就不诚实……该怎么说呢——我一向要求自己说真话，可是在艰辛而无望的写作中，我发现根本就没有所谓的真话。语言是假的，文字是假的……每一个词都是假的。你可以在沙漠里写出一眼泉水，却没法浸湿任何一粒沙……其实也没有什么沙漠……没有，没有这个词所暗示的一切，没有什么荒芜，没有什么寥廓，没有什么凄凉……这些都不是感受，只是观念。一旦取消了沙漠这个词，剩余的就只有窜进口鼻的沙粒，灼人的阳光，半液态的、仿佛随时可能吃人的沙地，日间的酷热和夜晚的严寒，以及难熬的、无望纾解的焦渴……只有这些感受是真实的，但当我说出它们的时候，它们也就不再真实了。"

与"指鹿为马"的虚假相比，"指马为马"的虚假更难识破，也更为可怕。前者的背后是历史的迷雾，后者的背后只有绝对的虚无。我们屈从了前者，而对于后者，我们无力反驳。你看，当我试图批判文字游戏的时候，我的批判就是一个文字游戏。

海神——这个以书写毁灭性的，然而却是转瞬即逝的灾难而闻名于世的诗人，此刻突然顿住了脚步，脸上现出了半是迷惘半是虔诚的表情。那是一种仰视自己无法参透的宏大事物时的表情。海天交界处，霞光像一只火狐跑过之后余留的残影：旭日第亿万次地在他的国度边境攀上云梯。他凝视它，凝视这无法凝视者。当世间所有的光辉一起涌向他的瞳孔，眼睛犹如绽开的伤口，只能以至深至浓的黑暗来回应——他暂时失明了。

这颗太阳绝非他的敌手和他的同僚——那位他所熟识的金发神明；不背负任何隐喻与象征：与王权的强盛和父亲的威仪无关，不是正义之手，也不是智慧之心；这颗太阳甚至就不是一颗太阳，这是一团焚烧自己名字的焰火，一团焚烧所有名词的焰火——抖落灰烬之后，被还原的事物终于示人以露骨的直观。它助他认识一切，却唯独不许他认识它；他一眼便看穿了它，然而，它却在自身的灿烂之中缺席了。注目于它，实际便是借它锐不可当的逼视来逼视自己。

他看见作为工具的，被勃发的情欲所定义的身体，看见创造的激情从股间的火山喷涌而出，看见那些健壮却顺从的女人，以及她们为他生育的儿子：一匹生来便懂得人语的马①，以出众的口才成为纵横人间的演说家，

---

① 即阿瑞翁，是波塞冬变为公马，与化身母马的农业女神德墨忒尔结合所生。

却因无法与同类交谈而陷入孤独的绝境；一个半人半鱼的拼贴生物①，在自我的分界线上挣扎，承受着鳞片增生和剥落的双重痛苦；一位独眼巨人②，秉承着一种有罪的诚实，在语言中捕风捉影，追猎"无人"，终至无果。

有生以来第一回，海神对这帮弃子充满怜悯。他忆起一个不容否认的事实：这些不伦不类的怪兽全都诞生于崇高的愉悦，诞生于理想的笔尖所喷射的上乘精液。换句话说，他们是一些稀有的乌托邦物种，他们的丑陋其实是一种失控的美好。"我的孩子，我的作品……"他百感交集，嘴里发出老人特有的哀鸣——一种有气无力的，像求救又像埋怨的呻吟声。

而与此同时，在这座移动的孤峰之巅，诗人震慑于难得一见的空阔与光明，悲喜交集地眺望远方。茫茫黑夜，溃于蚁穴：一个象牙般光洁温润的日子化作汩汩细流，正翻涌而出。透过眼中的泪水，他仿佛看到，一个雪白的羊群悄无声息地越过了一道漆黑的栅栏，沉静而从容，迈着优雅的步子走向他。受这个注定短暂，并因此愈加珍贵的早晨所蛊惑，诗人按捺不住雀跃的心，顺着海神的肩头溜了下去，借着肩胛冈的坡度飞跃而起，

---

① 即特里同，古希腊神话中海之信使，是波塞冬与安菲特里忒所生。

② 即独眼巨人波吕斐摩斯，是波塞冬与海仙女托俄萨所生。

在空中滑行了一段，落在了距离他们仅仅几步之遥的小岛上。脚一沾地，便赶忙躲在一块礁石背后，以满含戒惧的目光，继续观望耸立在海上的那具巨大的身躯。

这头曾经惯于兴风作浪的公牛，如今早就停止了咆哮，衰老、颓丧，每一块肌肉都已彻底败北，剩余的少许威严也正在沦为残酷的笑料。他似乎已完全忘记刚刚卸下的那个渺小的负担，只稍作迟疑，便拔足离开。

作为唯一的观礼者，在诗人看来，神的退位仪式之所以未能达成悲壮，或至少是哀怨的效果，主要因为海的动势只适于表现两种情绪：愤怒和欢快。所到之处，海浪高高跃起，披挂在海神的肢体上，然后又缓缓退去。看上去，他就像一个急于从永不结束的婚礼中逃离的新娘，脚步越来越轻快，一层层地甩脱束缚着她的，大得不可思议的婚纱。诗人目不转睛地瞧着，他觉得，一个决绝的背影是最为动人的事物，而一切背影都包含同一个象征：一个写作者正试图脱掉他的语言，穿上真正的赤裸。

他想，他会成功吗？答案即刻在直觉中出现：他感受到一种不可能回暖的寒冷——那是在主宰者撤出它的领域后余留的无法填补的空虚。

眼下这片纯物质性的海，冰凉如天空之下最大的一滴泪水，失去了神与妖的体温，也在同时失去了意志，失去了行动的伦理，没有善意，也没有恶意，无法被称颂、无法被指责、无法被阐释。塞壬与海神的离去，对于诗人而言，意味着说与写的时代暂时终结；表达与理解的冲动，迷惑性的和强制性的力量，诱饵与权杖，都已坠入历史的深渊：海缄默了，即使最为激越的浪花也是无言的。

九 爱欲

　　黎明时分，在一块沾满了贝壳碎片，如同一座微型雪山的礁石上，诗人盘膝而坐，等待着即将来临的日出。在岛屿上生活了太久，这里的每一块岩石都与他的肌肉和骨骼完美契合，就连那些突起的棱角对他也是温柔的。他神态安详，不觉麻木，也不觉疼痛，或许，疼痛对于他，也已是舒适的一种。在他的下方，浸在海水中的一处岩脚，由几根木桩撑着一张大网。一群银色的游鱼在其中拥作一团，翻腾跳跃，像夜幕撤走时不慎落入陷阱的星辰。

　　多年以前，诗人在机缘巧合之下，登上了这座无名的小岛。此后，他没有离开过，也没有再见过任何一个人。起初，岛上的树林是他的主要食物来源，其中生长着模样像满月的水果和一种散发着麝香气味的小型野猪。那个时候，除了采集和狩猎，就只有发呆与回忆——他拒绝给负担过重的生命增加新的经历。有时，他会登高远望，看体形庞大的蓝鲸在海面游弋。他欣赏它的沉默和它的孤傲。他觉得，在它迟缓笨重的泳姿中，有一种极富洞见的忧郁，就像一个厌倦了自己领土的国王。他欣赏它放弃占有、自我流放的态度。

学会了结网捕鱼之后，生存变得轻而易举。鱼儿就像每天生长一茬的庄稼，只需挪步取用即可。诗人不再同自然肉搏，也几乎不再运动，活得像一尊摆在岩石上的佛像。在那些阳光还算不错的日子里，大多数时候他都在和他的影子——那只黑犬做一种无声的交谈，经年累月的默然相对让他们能够以彼此映照的方式相互贯通。日复一日，它乐此不疲地模仿他，像一个以自己为作品的雕塑家，一丝不苟地，苛刻地，甚至于有些残酷地用刻刀在身体上雕琢。它越来越像一个人了，尤其是，越来越像他了，如今，就差长出一张脸了。

他们的对话其实是个规则简单的游戏：由一方提出一个不是问题的问题，另一方则须以一个回避答案的答案巧妙作答。比如，问："什么样的人才称得上智者？"答："知道自己不知道的人。"再比如，问："什么是思想？"答："思想是一些精致的鸟笼，里面关着制造鸟笼的思想家。"问："思想家又是些什么人？"答："一群误入歧途的家伙。"问："什么是思想的歧途？"答："一条永远走不完的路，总是从一个思想拐进另一个思想。"问："思想的大道又通往哪里?"答："所有的思想都通往困惑，并终于困惑。"

　　早晨，诗人在蔷薇色的曙光中等来了这位灰色的友伴，但还未来得及问安，就被一阵极不寻常的感受扰乱了心绪：一种刀刃接近肌肤时，疼痛将至未至的快意，令他的心头一阵狂跳。抬眼注视远方的海平面，暂时还未发现任何可供辨认的迹象，但长期独处的物种普遍具有超出视线范围的直觉能力。他明白，有某种外来的东西进入了这片海域，并且正在接近这座岛屿。

　　正午，海天相接之处出现了一个起起伏伏的黑点；傍晚，桅与帆的形象已经呼之欲出；子夜，一艘高大的三桅舰船在距离诗人不远处靠岸。几名来自南方的水手率先跳上了海滩，领头的那个仰起头望了望天空，北方的月亮在云雾的群山中逡巡，令他想起某个相似的夜晚，它在远方的孪生兄弟曾微笑着亲吻他家的窗棂。

　　在这群经验丰富的发现者眼皮底下，诗人没能妥善地隐匿踪迹。第二天一早，藏在礁石缝隙里的渔网就被他们搜了出来。不久之后，一个攀在椰树树顶的精悍水手从高处望见了窝在灌木丛里的诗人。很快，这群样貌凶狠、表情友善的客人将惊慌失措的主人团团包围起来，以一种完全过头的热情七嘴八舌地向他问话。一个面相威严的绅士喝止了喧哗，然后向前一步，由人丛中走出，为同伴的粗鲁和失仪向诗人表示歉意，并且首先说明了自己这一行人的来历，显示出周全的礼数和十足的诚意。

据这位可敬的船主介绍，他和他的船都从西边来。生他养他的那块土地曾经以强大的武力、虔诚的信仰和超前的政治制度赢得了无上的权力，成为帝国中的帝国。然而，物极必反是颠扑不破的至理，到达顶峰之后，它便滑入了漫长而痛苦的衰落期。所幸在触及谷底之前，又有转机适时出现。如今，艺术与诗歌仿佛两阵饱含芳香的微风，拂去了蒙在金冠上的尘土，以一种格外温和的方式为祖国增添了新的荣光。

"我更愿意称呼这块土地为祖国，尽管在政治上，它早已破碎，但在精神上却仍然是一个整体。"他说。当然，一切的发展都与经济息息相关，作为新兴商人阶层的代表，这位绅士凭借自己的领导才能和冒险精神获得了惊人的财富和远高于父辈的社会地位。在这个时代，他的故事具有普遍性。

这一趟已是这位船长的第七次远航。历时数年之久，船只先后抵达了位于南方和东方的两座大陆，在沿途的每一个重要港口停靠，高价售出当地稀缺的大陆货，低价购入当地特有的稀罕物。"艰难险阻是上天对勇士的眷顾。"船长语气坚定地说。一路之上，他们战胜了几拨海盗、几场风浪，部分船员因为致命的战斗、传染病，以及迷人的异族姑娘而不得不离船登岸，成为一座城镇或一块墓地的新居民。

"我们很难对离别习以为常，不过，从当地招募得来的新水手在技能和勇气方面都不逊于前任。"他一面说着，一面骄傲地环视他的部下们。如今，他们的船里满是奇珍，他们的脑中满是奇闻，他们的帆中满是吹向故乡的风。"骑乘着这匹没有蹄子的木马，我们踏上了这条没有足迹的归途。"说着说着，这位绅士的眼中泛出了泪光。他告诉诗人，除了基本的商业活动，他们还接受途经的一些城市的委托，将麻风病患和被妖魔附体的人带到连瘟疫和魔鬼也会迷失的海上，送去那些在任何地图上都找不到的，位于世界尽头的岛屿。事实上，这就是他们在这座无名小岛停靠的目的。

诗人只是听着，并不言语，时不时地点一点头表示理解，并且做出一个请对方继续说下去的手势。待到船长说完之后，他弯下腰捡起一根树枝，在地上写了一句话：一人的孤独凝结为露，众人的孤独汇聚成海。远道而来的绅士低下头瞧了半天，尽管不解其意，但仍大为吃惊——这个哑巴岛民不仅能使用他家乡的文字，而且还将多种粗鄙的方言糅合在一起，魔术般地变出一种优雅的书面语。他虽字字熟悉，但又不得不承认这是个全新的句子。

船长心想，站在他面前的这位不是精灵就是魔怪。但对于一位商人而言，两者并无不同，善也好，恶也罢，都不妨碍他对利润的追逐。船在下一个早晨扬帆起航，像一柄匕首划过众人的孤独，经由一道不断愈合又不断破开的伤口，驶向那片久违的陆地。那一天，岛上少了一位诗人，多了三具裹在白布里、被看不见的烈焰焚烧的身体。

漂洋过海不仅是一种运动、一种劳作，更是一项精神上的修炼，具有强烈的象征意义，是一个汹涌澎湃的隐喻。海上的苦行者们竖起桅杆、扯起风帆，对惊涛骇浪发出追问，然后去往下一个港口寻求答案。在这一问一答之间，隔着无垠的困惑，隔着整颗星球的迷惘。罗盘与命运是两位势同水火的向导，一位对着他们的耳朵大喊大叫，要求他们振作起来，朝既定的方向前进；另一位却哼唱着催眠的小调，劝他们松弛下来，多点耐心，等待风浪送他们去他们该去的地方。他们被撕裂了，但并非不幸。一个新的人种从中产生。这是一群激越的人，这是一群消沉的人，这是一群不屈的人，这是一群顺从的人，这是一群信科学的人，这是一群信宿命的人，你可以叫他们水手，也可以称他们为"现代人"。

三桅船载着诗人，穿过两股洋流，跨越两个季节，终于在数月之后一个晴朗的早晨，抵达了一座温暖的海滨城市。船只进港的时候，船长以一种只有历遍沧桑之人才会有的低沉音调宣布，目的地到了。一行人登上了快活之岸，也登上了失落之岸——谜面如果过于精彩，会让谜底黯然失色：旅程的波折，令旅行的结果变得无关紧要。当天晚上，众人以一种复仇的心态纵情狂欢，仿佛想以此迎接世界末日。在酩酊大醉之后，有人欢叫，有人哭号，每个人都歇斯底里，他们诅咒明天，朝着明天呕吐，对于明天的邀约嗤之以鼻。但明天还是如期而至，以不容拒绝的慷慨说服了所有人：船上装载的货物价值不菲，而且出奇地抢手，没出港口便倾销一空，大副、二副和每一位船员都领到了可观的报酬，而船长则跻身于这块陆地之上最为显赫的人物之列。有生之年，他再也不必出海了，尽管在夜晚或是清晨，总有某些时刻，还得在宽大华丽的卧榻上独自颠簸，忍受晕船的苦楚。

坐了一日一夜的马车，诗人跟随船长回到了他的故乡。在这座城市之中，百合花与石狮子随处可见，此外，还有两种透明的蝴蝶——科学与美学——在空气中飞舞，随时准备降落在那些举止优雅、富有见地的人们头顶。在这里，语言是嘴里的珍珠，即使普通市民的日常对话，也散发着教益与灵感的光辉。这是一个进步的时代，一个快乐的时代，一个人们集体与智慧女神坠入爱河的时代，一个像刚刚出壳的雏鸟一样大放新声的时代，但诗人依旧沉默。

作为一场非凡冒险的见证，他在船长几乎夜夜无休的家宴中拥有一个固定的席位。每当那些充斥着刀光剑影，散发着鱼腥味的故事在跌宕起伏的叙事中抵达高潮，悲欣交集的船长总会适时地做出一个戏剧化的手势，指向如同贝壳一样被他从海滩上捡回来的这位朋友。此时，诗人便会从座位上站起，向所有听众欠身致意。

在一个微风荡漾的春夜，一位特别的客人，确切地说，一位天使的出现改变了一切。当晚，在宴会进行到压轴部分的时候，诗人一如既往，准备像只报时鸟一样伸出脑袋，重复他已经习以为常的表演。他一边等待，一边望着窗外，看着神以温柔的手指轻抚嵌满水晶的深蓝色缎带，不觉间口中发出了一声轻叹。待到收回思绪，转过面孔，他发现一位贵宾的女儿正在凝视他。没有任何词语能够形容诗人在那一刻所经受的震撼。要知道，那种无条件、无保留的悲悯，若是从一个九岁女孩泉水般清澈的目光中涌出，便足以洗净整个污浊的人间，自然也能复活一个心如死灰的诗人。

他颤抖着，目瞪口呆地看着她，完全无视船长对他发出的讯号，只俯下身去，用刚刚解冻的、僵硬的舌头呢喃着说："您让一块顽石想要歌唱，我的小姐。""您好。您叫什么名字？"女孩虽局促不安，但仍以大家闺秀应有的得体向他询问，脸上的笑容兼有新生儿的纯真和成年女性的温婉。"已经很久了……因为不愿被提及、被召唤，我丢掉了我的名字……是您将我从忘川打捞出来，重新投进尘世，您有为我命名的权利。"包括船长和女孩的父亲在内，在场的所有人都未曾经历如此出人意料的局面，一时之间都被排除在外，仿佛一群驻守在岸边的卫兵，对河上发生的一切无能为力，只能目送二人乘坐语言之舟越漂越远。"歌丁……我想叫您歌丁。不知您是否同意？没有什么含义，我只是喜欢这两个音节。它们一个在舌头上面，一个在舌头下面，挨个蹦出来的时候格外动听。"

哑默的竖琴再次被奏响了，之后，出众的才能和神秘的身世让诗人歌丁声名远扬。名流与富商向他发出邀请，小姐与贵妇对他倾心仰慕，他越是漠然处之，就越是被青睐、被推崇；他越是对过去守口如瓶，那个在坊间流传的有关毁灭与重生的故事也就越是离奇，越是曲折，越是引人遐思。问题在于，他并不介意自己在众生的聚会中占据何等位置，他的生活仅仅取决于缺席的那一个。在她成年之前，他强迫自己远离她；在她成年之后，他仍旧竭力避免与她相见。爱人者不能与被爱者靠得太近，否则便会引发灾难。他想：如果她拒绝我，我无疑会立刻毙命；如果她竟然接受了我，我又怎能确保我的爱不会就此终结？怎能确保自己不会从一个无私的、神圣的追求者变作一个自私的、卑劣的拥有者？

不要忘记柏拉图借苏格拉底之口，苏格拉底又借狄欧蒂玛之口传达的教诲：爱是贫乏与丰饶结合所生，它渴望，但不拥有。[①]

每个夜晚，他都像一只躲在书斋里的蜜蜂，从对她的思念中采集痛苦，并啜饮以这痛苦酿成的甜蜜。每个清晨，她都在两面镜子里映出自己的容颜，一面摆在她的梳妆台上，另一面则摆在他的脑海之中——这幅悬在水银泪滴里的肖像每每令他伤心欲绝，令他联想到一切美丽而又短暂易逝之物。

诗人对于少女的爱欲不外乎两种：其一是但丁对贝阿特丽丝的爱，其二是浮士德对格蕾琴的爱。前者以永远不可填补的空乏来滋养欲望，后者则以破坏性的占有

---

① 苏格拉底与狄欧蒂玛有关爱欲的对话见于柏拉图对话录之《会饮篇》。

终结了欲望。看似全然相反，却最终都实现了对欲望主体的拯救。看来，升华或幻灭其实无关大局，只要有一位死去的少女愿意从天国俯下身，对你伸出双手即可，而因为善良、纯洁和对恶的无知，少女们几乎总在这样做。出于对世俗的弃绝态度，诗人的爱从一开始就是一场祭奠，任何活人自然都不可能成为祭奠的对象。事实上，正是诗人以诗意的抽象杀死了少女，或许，只因在少女的身上发现了人世罕有的，精致的必死性，他们才对她痴迷不已。

另外，还有一个鲜为人知的秘密：每位诗人都孕育于一个未婚的、早夭的少女，孕期接近永恒——他们不愿让自己诞生——而这些负重者、这些牺牲者、这些成全者、这些懵懂的母亲对此并不知情。

这是他第一次产生这样的愿望：作为一个纯粹的灵魂生活下去。他的情感是个十足的庞然大物，他的肉体却渺小、虚弱、乏善可陈。一头鲸鱼不可能在一口浓痰里游动。他并不敌视肉体，不但如此，他崇拜力量，会为健硕的、仿佛随时会爆炸的肌肉而倾倒。但他是个诗人，他的身体只需保证他的存在，或许还有另外一个功能：帮助他理解生命的悲剧性。他开始频繁地接近那些热衷于运动的人，或那些沉溺于享乐的人，只因他们与他恰好处于相反的两极，如同肉身与精神的截然二分。

诗人的一位朋友，一个年轻的贵族，由于从穴居的祖先那里承袭了嗜血的本能，偏爱组织盛大的集体狩猎活动。有一回，他在歌丁的面前射杀了一头梅花鹿，并非使用枪弹，而是更为古老的武器：弓箭——一种用鲜血弹奏的竖琴。

他以典范性的动作缓缓拉开弓弦，侧身站立，让眼睛、羽箭和目标连成一线，姿态无懈可击，全身上下布满锋芒，像一座高山凝缩成一个人的模样——在一边观望的诗人则有着与之完全相反的海拔：一座深渊的海拔。他的力量、技巧、意志、勇气、信念都贯注于这诗意的一击。羽箭离弦飞出，人也随之放空。他分两个步骤抛除自己：先是茫然若失的滑行，然后毫厘不爽地揳入早已等待着他的伤口。"开弓没有回头箭"，这种覆水难收的悲壮让歌丁险些涕泗横流。

这是一支言出必行的箭，诗人想道，任谁也不能拒绝它的承诺。他看到中箭的猎物一个弹跳蹿上了树梢，然后又重重地跌落在地，仿佛击中它的是一个大得多，也沉得多的东西。他看到一片尘埃像一块纱巾，轻轻扬起，然后缓缓飘落，掩住了它的身躯。猎人和诗人同时向前走了几步，近距离打量这只美丽的野兽。它大张着嘴巴，鼻孔呼呼地喷着热气，躺在一摊樱桃汁样的血泊之中，四蹄仍在划动，仍未放弃奔跑，但步态只像一个宿醉的老人，只像在梦的池塘里游动。歌丁站在一边，久久地凝视它，仿佛在等待一道搁浅的闪电冷却下来。

我的箭呢？它在哪里？我又该拿它来对准怎样的目标？诗人想。对此，他有个并不充分，但完全适用的答案：灵魂的猎物是知识，它的武器是语言。

此后，市立图书馆的书架迷宫里多了一个寻路的人。在歌丁看来，一旦走进一座图书馆，便不可能再走出去。它太大了，比其所在的城市更大，比世界更大。它是地板上的无限，屋顶下的宇宙。而对于一个灵魂，一本书便已足够寥廓，一旦选择在某一页降落，便面临着在字词的丛林中迷失的风险。

废寝忘食的诗人整日徜徉其中，漫无目的地穿梭，梦想着也能遇见并猎得一头梅花鹿。他拉满了手里的阅读之弓，时刻留意着躲藏在灌丛中、树荫里的猎物，但鲜少放箭。那是个知识的白银时代，既是繁荣期，也是衰落期；观念、理论、学说和知识分子的数量都在激增，但成色却已大不如前。每天都有堆成山的书籍运送进来，但除去那些转述其他书的书，改写其他书的书，节录其他书的书，小书扩充成的大书，大书缩编成的小书以外，除去其他书的子孙、其他书的残骸、其他书的傀儡以外，剩余的少部分自我生育、自我供养的书里也多是谬见、诳语和没羞没臊的自说自话。油墨干涸，结成思想的淤泥，想从里面淘出金沙是极为困难的。诗人自然不愿把珍贵的羽箭浪费在田鼠和松鸡身上，他以目光一刻不停地搜寻，期待能邂逅一节玲珑的犄角或是一片迷人的花斑。他有足够的耐心，但缺少足够的幸运。

除了诗人，图书馆里还有几个常年在书架间流浪的人。他们是一个秘密的部落，拥有同一种乐趣，承受同一种折磨。过于天真的期许和从不到来的奇遇剥削着他们。为了摆脱无谓的痛苦，为了不至于灰心丧气，最好忘记初衷，将目标抛诸脑后；而若是不能移情，也不善遗忘，便只能想方设法将苦苦寻觅的过程变成一个游戏。

有人将每一本书的第33页扯下来，装订成一本只有第33页的书、一本33页大全。有人致力于找出一句在所有书里都出现过的话，一句避无可避的话；有人则相反，只想找到一本没有这句话的书。有人用书占卜：拿起一本书，随手翻到某一页，然后闭上眼睛，将手指按在某一行，凭借此处的文字提示，定位下一本他要读的书。这个理论上可以永无休止的抽签接龙将一直持续到生命的尽头，届时，他读到的最后一本书将准确预言他的死亡。

所有的图书馆生物都是孤独的。通常情况下，他们在梳齿状的空间中彼此隔离。但也有例外。许久以来，歌丁不断地在图书馆里与另一个人不期而遇。那是一个看不出年龄的男人，一年四季都穿着一件陈旧的黑色翻领长袍。每当诗人走过一排排微缩大厦般的书架，循着索引牌的指示，拐进一条幽静的巷道，那个人总是已经先他一步到达，正将头埋在书页里，埋在自己的阴影中，仿佛在吮吸着什么。他不像一个读者，倒像一个岗哨，似乎始终都在那里，从未离开过。令歌丁尤为困惑的是他的多重性和同时性：当巧合一再重复，以致成为一条定律，当在不同的楼层、不同的房间、不同的书架前从无例外地遇见同一个人，诗人不得不怀疑此人是一种线性动物，平行存在于任意两排书架之间，正如作者的幽灵寄身于书里的每一条（夹在任意两行字之间的）空白的廊道里。

终于有一回，他开口说话了。他问诗人："找到您要找的书了吗？"

"没有。"歌丁回答，"而且，我已经在怀疑是否还有找到的可能。知识变得苍白，快要凋谢了……我该怎么说呢？知识失去了它的直接性。"

"啊，"他用带点惊讶又带点嘲弄的口吻说，"您很诚实，而且……很有代表性。不过我想，还是有必要问一问，您所说的'知识'指的究竟是什么？因为我总是发现，人们在使用这个词的时候，表示的常常是很不一样的东西……有时，人们说起'知识'，指的是对一事一物的记录，比如历史事实、地理方位、物质的属性等等……它们只是纯粹的'信息'，我们能做的只有记住它们，或者，连记忆也不是必需的，只需建立索引，以备查找，也就够了……在第二种情况下，人们所说的'知识'，是对前面提到的那些'信息'的进一步利用……我们可以从那些已经掌握的确凿记载中，推导出那些我们并未实地测量，并未当场记录的事情。本质上，这类'知识'和第一类并没有什么不同，它们的区别仅仅在于来源……至于第三类知识，则是通过分析第一类和第二类信息而得出的一般规律，它们是对过去出现过的同类事物的总结，并将在未来的同类事物中不断得到验证……有人把这三种类别的知识统称为'客观知识'，但我不太赞同，我认为'客观'这个词实际是对'片面'和'空洞'的粉饰……这么说吧……对林奈先生①的大名，您应该不会陌生——他摘下并永久占有了名词的王冠……这是他的故事：一个患有花粉过敏症的男孩在自家花园里晕倒，进入了濒死体验，在那短短的片刻，他感受到一朵金盏花的雌蕊带给一只蝴蝶的幸福……他为此沉醉一生……但这是他根本无法

---

① 即卡尔·冯·林奈，物种分类法和双名命名法的初创者。

表达的……这种表达的需要让他感到绝望，所以，最后他只能将他的花园……将每一座花园都装进一张冰冷的、机器般的分类词汇表里……好吧，话说回来，这三类知识都有清晰的轮廓，它们只与一个有限的系统相关，甚至只与自身相关……它们视'模糊'为大敌……所以，它们有一个共同特点：可以经历无数次转述而不会失真……我们在阅读的时候，无论读到的是第几位作者的第几次转述，都和阅读第一位作者的原文有同样的效果。我猜测，您所说的'知识'，应该已经排除了这三个类别，既然您提到了'直接性'的丧失……"

"您十分敏锐……"诗人说，"我所说的'直接性'，是就知识和经验之间的关系而言的。我需要的知识，是从经验——作者的直接经验——中来，并能回到经验——读者的，即我的直接经验——中去的知识。换句话说，这是一种以'他'见'我'的知识。您刚才提到转述……没错，这是很重要的问题。也许这些知识本来与作者的经验直接相关，但从第一次被转述开始，就不断变形、不断流失，等到了读者这里，从知识再转回经验的道路已经断绝了……我们都已迷失在起点和终点之间……更要命的是……这些悬在空中悠来荡去的复制品，偏偏要比它们的原型更复杂、更美丽、更别致……经过了一次又一次的精心装扮，个个都充满了魅力，吸引着我们不断地收集它们。这种知识没法融进我们所经验的世界，但却越积越多，自己堆成了一个世界……我们分裂了……成了同时生活在两个世界的人……最近，我在想，既然转述必然导致误解……既然能够被转述的只有似是而非、模棱两可的东西……那么真正的知识也许是没法转述的……也许第一位作者就弄错了，因为真正的知识就是经验本身，只要言说就已经是在转述了……可是，除了言说，我们又能做什么呢？谁又能去经验他人的经验呢？当然，我们——读者和作者——都相信这类知识是存在的，因为我们都相信自己的经验具有普遍性。我们经验的世界，是由痛苦、欢乐、忧郁、悲伤、愤怒、妒忌和无穷无尽的乏味一并构成的，我们相信他人也在同一个世界里。我们对这个世界无能为力，但相信他人的胜利等于我们的胜利，因为这种胜利是可以在不同的时空一再重复的……正因为有这样的奢念，我们才任由各种病毒般不断增殖的、虚假的知识把自己包围起来……我们泥足深陷，已经无法返回自己的经验了。"

"啊，您说得有理。"那个男人再一次用调侃的口气说，但立刻又变得格外严肃，"不过，看起来您还没有发现：咱们生活的世界就是一个二手的世界，是关于一个已经被我们弄丢的世界的——用您的话讲——'似是而非，模棱两可'的知识。在这样的世界里您能经验什么呢？您的经验是知识化的经验，您经验不到经验本身。这就是我们的'失乐园'……您知道，我见过一些致力于学习并贯通一切现有知识的人，之所以为了这个不可能完成的任务耗尽一生，只因为他们相信穷尽知识，便能忘却知识。"

"有人成功过吗？"

"不知道，也不可能知道。因为成功的人将停止言说。"

直到此时，这个男人才第一次将头从书页上抬起，从天窗透进来的一束阳光在阴影中刻出了他的脸。啊，诗人不禁惊呼一声。他发现，此人竟是一位盲人。听到歌丁的叫声，男人的脸上露出一个表示体谅的笑容："您一定在想：一个盲人为何阅读，又如何阅读呢？爱求知的人，也爱满足他人的好奇心……接下来我就解释给您听……在失明之前，我在这座图书馆里徘徊了半生，对这里的一切了如指掌……我熟悉这里的每一本书，并能准确说出图书管理员会将一本书摆在哪一个书架的哪一层、哪一格、第几本。失明之后，我仍保持着习惯，每天来到图书馆，在对应的位置找到自己过去爱读的书……翻开它，在心里再次读它，重温第一次读到那些句子时的甜蜜。有时，一本书不见了，被人偷走了，或是被淘汰了，被新书替换了……我便只好放弃它，再投向另一个回忆。看起来，迟早有一天，所有的回忆都会消失……我将不得不终止阅读。但到那时，我还存在吗?"

道别之际，诗人向这个一心想将自己埋葬在图书馆里的人询问他的名字。他再次笑了，但这次是自嘲的笑。"一个名字能告诉您什么呢?"他说，"您不妨称我为米诺陶诺斯①——一个被囚禁在迷宫中心的人。"

---

① 克里特的王后帕西法厄与海牛所生的怪物，牛头人身，被克里特王米诺斯囚禁在迷宫里，作为王权之中不能示人的核心部分，被其隐匿和供奉起来。而在知识——光明的权威中央，也包藏着黑暗的、可憎可怕的秘密。

十　信仰

　　重新回到城市的嘈杂之中，诗人像一座移动的原野，携带着心中的飞禽与走兽，走在车马杂沓的大街上。他被卷入了沉思与冥想的缠斗。思——玄思之思，对抽象的追逐；想——想象之想，对具象的执念。前者生活在天空中，拥有强健的翅膀，但没有长脚；后者是陆地生物，总是四蹄如飞，闷着头在岩石、沙砾和泥土上奔跑。在极端的巧合下，思的一次俯冲恰好遇上想的一次跳跃，双方在空中交错而过，同时陷入了惆怅。既已知晓另一种存在的可能，它们便愈发对自己不满。前者苦于无度的自由，早已疲惫不堪，却无从降落；后者则痛切于及物的艰辛，脚掌的每一次触地，都会给它增添新的疼痛。嫉妒将它们变成了彼此的仇敌。

　　卖花女清脆悦耳的叫卖声在耳边响起，打断了思想的撕咬和媾和。诗人如梦方醒，一脸迷茫地环视四周。这才发现街道是如此美好，街上尽是年轻女性的脸庞，洋溢着清新、健康的笑容。这么多轻盈的，像雨燕的心脏一样搏动着的生命从身旁掠过，谁能对此无动于衷呢？在这个觉悟的时刻，歌丁对自己说：想要远离爱欲的涡流，转投知识的汪洋，这是多么可笑的谬误啊！难道对知识的爱欲就不是爱欲了吗？既已断绝了爱欲，又怎么可能追求知识或任何别的事物？因为懦弱，因为畏惧结果而掉头他顾，是对自我的不忠，是对生命的背叛。仅仅思想是不够的，要行动。尽可能快地行动！全心全意地行动！行动是拥抱生命的唯一方式。

一连数日，歌丁驾驶着自己的激情走街串巷，像骑着骡子的货郎，逛遍了城市的每一个角落，但终究一无所获。每一滴渴望都被蒸发殆尽，取而代之的是同等浓烈的沮丧。他又变回了那个明智但消沉的诗人，生生咽下了生活的又一个悖论。行动依赖于本能，他想，但本能是盲目的，根本不在乎结果。

冷静下来之后，他才听到那个过去一直被自己忽略的声音：钟表狐假虎威的踱步声。他在街头驻足，仰望日月之外的第三种权威——位于中心广场的教堂钟楼。一幕荒谬的悲剧在钟盘里不断重演：三位勇猛的剑客依次挥剑劈向虚无，却分别被三个慵懒的旋涡俘虏。纵有千钧之力，也在昏昏欲睡的慢速转动中消解——意气风发的奋斗沦为失魂落魄的梦游。可叹啊，这座惯性的地狱，这些圆周里的西西弗斯。

报时的钟声敲响，帮助歌丁忆起了曾被他刻意忘却的事实。原来，已经过了这么多年。他想，我苦苦寻找的那个人早已嫁作人妇……对啊，她的丈夫与我相熟……是啊，否则我为何会同他交往？就是那个能以一支实在的羽箭射杀一头真正的梅花鹿的男人娶了她。确实如此！在爱欲的竞赛中，肉体总是比灵魂抢先一步……不！不对，不对，时间弄错了……这也已经是很久之前的事了。就在我从一本书跳进另一本书，不断变换藏身之所的时候，许多个世代飞逝了……如今，这两个人，他和她，早已化为泥土。

诗人突然发现，城市竟变得如此冷酷，仿佛在转瞬之间，被几何的魔力冻结成一座石头森林。路太多了，但不好走了，显得不怀好意，让人畏惧，像纵横交错、躺在一起装睡的蛇。过去，诗人曾有一栋房子，很小但很舒适，露台朝西，可以看到晚霞，还可以闻到矢车菊和石藤花的香气。但现在，他回不去了。他在彷徨失措中乱走乱闯，跟着几个看上去和他同样不安的人来到一座宏伟的建筑面前。作为城市里最高大、最坚固的东西，它庇护了他们，令他们平静下来。几个人刚从里面出来，有男有女，脸上露出那种快活的流浪汉的神气，那种把苦难当福分的神气，打动了这些站在门外的人。

诗人歌丁像个胆怯的孩子，躲在同伴身后，蹑手蹑脚地朝里走。一步迈进门里，空间立刻像潮水一样涌了过来。只有伟大的建筑才能予人这种豁然洞开的感受：不是你进入它，而是它进入你。一旦置身其中，就只能以感知自己内在的方式感知空间中排布的一切。人们走进的是一座自我的殿堂，其中的每样东西，宣讲台、洗礼池、圣像画、绘有训诫故事的彩色玻璃、做成藤蔓形状的铁艺窗饰、洁白的大理石雕塑等，都岛屿般地散落在胸前的黑暗里，紧挨着一颗脆弱、卑微，但仍极力搏动的心脏。在这里，外在于人的只有寂静。这种谜一般的寂静，这种比任何声音都更加洪亮的寂静，这种非静态的，翻涌的，在四壁之间激荡的，仿佛生有翅膀的寂静常常使人困惑。但只需抬头仰望，答案就不言自明了：一切秘密都在建筑的穹顶上。

在巨大的八角形穹隆之下，人们就像栖身在一朵含苞待放的玫瑰里，胸中充盈着庄严的激情。作用类似伞骨的砂岩肋条在半空中交织成一个复杂的对称图案，支撑着整座拱顶的分量，恰好达成了完美的平衡。随着目光的攀升，存在从天平上逐个撤走了砝码，人的意识在缓缓上浮，空间中所有凝固的线条，柱饰的纹样、枝形烛台和祷告椅的轮廓、砖石的缝隙，全都一起恢复了流动，溯源而上，在最高处汇合于一点。人们久久地凝视那既是最初也是最后的一点，深信终有一天，一个灵魂的飞升将催使这朵宏伟的人世之花向着天国绽放。

信仰，是在你走投无路的时候才会向你招手的东西，诗人想，就像在海难中溺水的人看到一段浮木，或是即将在暴风雪中殒命的人遇上一间木屋，你早已对获救不抱期望，但出于条件反射，以及对死亡和生还的同等程度的向往，你会坚决地、全心全力地将自己抛向它。这正是它想要的，它想要你毫无保留地献出自己。它知道，只有在绝望中，你才是完整的。

在这座举世闻名的大教堂里，在人们为神修建的最大的居所中，歌丁与一位神的仆人攀谈起来。他们谈到了旷野中的呼告，谈到了原罪，谈到了忏悔的必要性。诗人说："我只能通过隐喻来认识神。"那位谦卑的仆人回答他："神宁愿你通过爱来认识它。"

悖论被瓦解了。原来如此，一切自然而然。诗人想，爱与欲纠缠难解，共生共栖，总是成对出现，我们没有能力将它们分开，便误以为它们本就是一体，同样的，我们也以为行动与企图心是一体的，以为行动必须朝向某个目标，某个成果，却不知道爱只要求行动，是欲导致了对结果的执着。神使我们一无所获，以此帮助我们从混浊的欲中析出爱的结晶，我们这才看得清楚，原来任何一种爱都是对神的爱，我们无论爱谁，爱的都是神的某一个片段。神使我们孤苦无依，因为只有什么都不依靠的人才依靠神，只有什么都不拥有的人才拥有神。

那天之后，诗人歌丁离开了城市，独自一人在大地上漫游。他一边走路，一边写诗，每写完一首，便连纸带笔抛回负在背上的竹篓中。他在诗里赞美一切，赞美山岭的险峻，赞美河流的激越，赞美在天空中飘浮的苍鹰，赞美被闪电击毁的大树——尽情歌颂被辉煌的利剑贯穿身体的幸福，赞美荒原上一副野牛的骸骨，也赞美自己的饥饿、疾病和伤痛——受苦使他圆满。

他到过极北的酷寒之地，与身披熊皮的矮个土著一起切割海象的脂肪；他到过沙漠，遇上了一个以骆驼刺为主食的部落，用一条蛇信医好了一名少女的癔症；他到过深山中的隐修院，与抄经的僧侣一同在羊皮纸上营造字母的花园。他听到过误把他的耳道当作蚁穴的蚂蚁刮擦腹部，召唤同伴的声音；他看到过两个月亮同时出现在戈壁的天空，然后以镜中之镜的法则，映照出无限多的月影。他知道残忍、善良和虔诚有时会出现在同一双眼睛里，就像三种不同颜色的火苗，而理智本就是一种疯狂。他把他的诗篇读给啄食腐尸的秃鹫听，读给牧羊人和羊群听——这些浮云般的生物总是有点儿心不在焉，读给正在淤泥里冬眠的青蛙听，读给一切听不懂和听不见的对象听。他形容枯槁，几乎成了一副活骷髅，但有一股非同寻常的力量在支撑着他，甚至是胁迫着他，让他能够行走，而且不得不行走。

在此期间，诗人歌丁一共三次与魔鬼相遇。

第一次，魔鬼化身成为青春貌美的灵感女神，来到他的面前。那是在一片幽暗的森林里，歌丁正靠在一棵大树的树干上休息。

"是你在召唤我吗？"她问。

"不，我不认识你。"诗人看了她一眼之后回答，答完之后闭上了眼睛。

"哈哈，"她笑着说，"自古以来，每一位诗人都对缪斯朝思暮想，能得到垂青的却寥寥无几……谁曾想到，如今居然有人对缪斯的现身不屑一顾。"

"哦？"诗人说，"还未请教……你是哪一位缪斯，是卡利俄珀还是欧忒尔珀？"

魔鬼摇摇头："诗人啊，缪斯的名字只是凡人一厢情愿的虚构，灵感是无名的，缪斯们并不知道自己的名字，我们只是依照各自的喜好光顾那些备受煎熬的心灵，我们以那些为创造而生的焦虑为食。"

歌丁笑了，笑声充满嘲讽的意味："我询问你的名字只是为了更礼貌地拒绝你。既然你自称无名，那么我只好多费些唇舌了……首先，一个写作史诗的诗人需要意志和耐心，需要对神灵、对土地和人民、对自然力的热情——有时是强烈的爱，有时是恐惧和憎恨，或许还需要一些偏激的见解和一些荒谬的信念。但真的不需要灵感，灵感能做什么呢？为他提供几个貌似惊人的意象，或几个前所未见的句子？那又如何？它们可以悦人眼目，但并不是成就一部史诗的关键要素，有时甚至会破坏一个浑然的整体。让粗放的变得精致，让简朴的变得华丽，让单纯的变得复杂，都是缪斯犯下的罪过。为了不在一部真诚的、尘土飞扬的史诗里看到缪斯炫示才华的舞蹈，我宁可亲手杀死她。其次，一个写作抒情诗的诗人也不需要灵感，他只需要面对自己。如果说他有时也会求助于外力，那么他只会求助于痛苦，因为痛苦以不容忽视的强调让他专注于自身。否则，除了自己，他还要抒谁的情呢？诗人们心甘情愿受灵感操纵的时代已经过去了……他们珍视自己的声音，哪怕凌乱含混，哪怕嘶哑刺耳，也好过让自己的喉咙发出缪斯们做作的莺歌燕语。所以，这位小姐，我不需要你，请你走开。另外，我提醒你，你的裙摆太短，已经盖不住你的山羊蹄子了！"

受挫的魔鬼并未恼羞成怒，只是喃喃自语："莫非缪斯已经成了被嫌弃的老女人……唉，我看不见自己，即使看见也认不清自己……难道说，我的魅力已经荡然无存了么？"一边说着，一边像黎明前的月色，渐渐淡去，隐入树影之中。

第二次是在茫茫无际的荒原上，诗人歌丁正吟诵一首既古老又新颖的诗，魔鬼便现身了。她的形象是一个温柔娴静的中年女人，态度不卑不亢，和诗人保持着既显得亲近又不失恭谨的距离，目光中流露出一种有分寸的崇敬，倾诉着对于这首诗歌和诗人才华的爱。这种爱不同于热恋时炽烈的激情，是适度的、善解人意的柔情。她的语言温和，但充满机锋，极为精准地剖析了诗中所有的隐喻和象征，指出了一处值得注意的创新，甚至还对令诗人自己颇感犹疑的一个细节提出了一种使其合理并熠熠闪光的解释。

她请求诗人允许她留在他的身边，诗人心动了，几乎就范，但终于还是将双手向外一推，呻吟着说："不，不，不要靠近我。"

"为什么呢？"女人哀怨地说道，"睁大眼睛看看吧，在这个荒芜的世界上，我们难道不是最契合的一对吗？一个诗人和他的知音……"

"不！"诗人闭起眼睛，语气变得更坚决了，"你对我能有何益？让一个诗人持续存在的，是被自我怀疑和自我确认从两头撕扯时所产生的张力，一旦消除了自我怀疑，弦就绷不紧、弹不响了。一个知音……多么危险的礼物啊……事实上，也只能是虚假的。理解应当遵循双向原则，也许'一对知音'倒可能成立……单方面地、全身心地致力于理解他人是病态的，不仅可疑，而且令人恐惧。何况，你想怎么理解我的作品？如果你的理解恰恰就是我的理解，那么你便杀死了意外，杀死了一切新的可能，杀死了作品的自主性；如果你的理解与我南辕北辙，那就根本称不上理解，而是误解，是曲解，那么你不但杀死了我的作品，还肢解了它。成为一个诗人的知音……只有魔鬼才会产生如此凶残的假想……"

"唉，"魔鬼重重地叹了一口气，说道，"对于真正孤独的人而言，哪怕只有自己一个，也还会嫌世界太过拥挤、太过吵闹。"说罢，就随着一阵轻风，和着几缕烟尘，在暮色中飘散了。

第三次是在一座高峰的峰顶。当时，诗人刚刚抵达这里。艰辛的攀登之后总是紧跟着甜蜜的闲暇：这是一场迎接日出的仪式。歌丁坐在一块平坦的岩石上，疲惫但满足，静候着曙光的潮水驱散面前的迷雾。没有任何征兆，一个奇怪的人影突然出现在他面前，似乎一直就在那里。这是一个身材异常高大的男人，全身都被一件样式非常奇怪的黑袍裹在里面，脸也被黑色面罩遮得严严实实。仿佛夜晚化成人形，意图阻止黎明照临这个等待光明的人。

"谁？"歌丁吃了一惊，但不愿退缩，而是用最后的气力摆出防御的姿态，厉声喝问道。

"我是谁？你日日夜夜都在念着我的名字，渴望与我会面，当我真的站在你的面前，你却认不出我来……不过，这也是理所当然的，我是一个谜，没有人真正认识我，自以为认识我的，不是疯子就是傻子……但也确有极少数人曾在险绝之地与我相遇，就像今天的你一样。"黑衣人顿了一下，向诗人逼近了一步，伸出原本笼在衣袖里的一只手——上面密密麻麻地爬满了蚊虫般的字符——以刻意庄重的、宣言似的口吻说道，"我就是历史——时间的淘金者。"

"原来历史躲在这里！"诗人低头思索了片刻，问道，"在距离人们这么远的地方，你能看见什么，又能写些什么呢？"

"我不需要看见很多人，我只和那些足够努力，也足够幸运，因而能来到我面前的人相见……我又要再说一次了——比如你。我和这些宠儿对话，把他们告诉我的记录下来。"他抬手把衣领向下扯了扯，露出苍白的脖颈，"在这里，在我的左半边脖子上，有一块皮肤是为你准备的，你说……我写……你就能被载入史册了。你需要付出的唯一代价，就是允许他人改写你，另一位来到我面前的征服者……如果他愿意的话，可以在我的脖子右边重写你的故事。不过，你当然不会在乎，那时你多半已经不在人世了……"

"滚开！"诗人操起曾被他充作登山杖的一截橡树枝，挥舞着，嘴里怒斥着，"你这恶魔！满口谎言的家伙！"

话到此处，他停顿了一会儿，大口地喘息了几下，待到平静下来，才继续说道："就我所知，历史有许多个……不，是无数个。有显明的历史，有晦暗的历史，有沉默的历史，有鼓噪的历史，有聪明人的历史，有笨蛋的历史，有善的历史，有恶的历史……说到底，每个人都是见证者，都保留着一部自己的历史。我期待与之对话、受其青睐的历史，是诚实的、公正的，是谁也不能收买的历史。那样的历史，绝不会躲藏在山巅，他就在人间，在每一个人身边，静静地观望着。他偏爱正直的人，偏爱苦难深重的人……至于你？就让我做一件僭越的事，用诗来预言历史的历史吧！你会被识破，会被所有人抛弃，会被视为不可洗刷的耻辱！就像这片软弱的夜雾，终将在日出时彻底溃散！"

魔鬼冷笑着说："这话真没错：诗人们总是死于天

真……再见吧，天真的诗人。"说完，就在霞光中消失了。

几乎所有人都曾见过魔鬼，但从未有人见过神。有信众对此做出解释：人类既然违抗神的禁令，吃了下果子，学会了分辨，懂得了事物必有两面，那么神便宁愿人类通过它的反面来认识它。而一些本就信奉魔鬼的人则认为根本没有那么复杂，神要么不存在，要么完全不关心我们的世界，这个世界本就归魔鬼管辖。在此两者之外的第三种说法，是对神的最为严重的亵渎。那些大不敬的叛教者说：神怎么可能有敌人呢？在它的全知全能之下，怎么可能有反叛者呢？所有的反叛者到头来只会发现自己的反叛是神的设计，是神与自己游戏的方式。所以，根本就没有魔鬼，那些只是神的恶作剧。神是相当顽皮的，这是很容易理解的，神一向肆无忌惮，没有任何事物先于它或优于它，自然也没有任何事物能教导它，所以，它从来也没有长大过：神永远都是一个婴儿。

在行程的末段，那只总被他贴身携带，而且永不丢失的罗盘——旅行者的方位直觉——明确地告知诗人歌丁，他走过的道路是环状的。很快，熟悉的景物便接二连三地冒出来，带着些许善意的嘲弄，对他的回归表示亲切的欢迎。他的起点，那座潮湿的城市，那座表面一直在夏冬之间交替，内在却始终处于春天的城市，就要到了。在城门外，诗人卸下了满到再也塞不进一页纸的背篓，将它留给了一众受好奇驱使，偷偷尾随他的市民。

在街头流浪了几天之后，歌丁被一群显然陷入了某种狂热的人包围了，他们拥抱他，亲吻他，举起他的手抚摸自己的头顶或脸颊，之后又不由分说地架走了他。在一处装点着圣像与圣器的显贵宅第之中，一个慈眉善目、神采奕奕的老人接见了他。稍作打量之后，两人都认出了对方：多年以前，在城内最为宏伟、最为引人注目的建筑里，他们曾经有过一番深入的交谈。那时，他是那座教堂中的司铎，他是一个迷途的羔羊。如今，神的仆人身着寓意尊荣的红袍，身份显然非比寻常；而诗人则衣不遮体，像一只在旷野的风中瑟瑟发抖的鹧鸪。

老人告诉歌丁，城里的信徒们最近将一只破旧的竹篓奉为圣物，并且都在传阅、抄录篓中纸简上的文字。他们自发地赞颂这些诗歌的作者，称其为神的代笔，纷纷出动，四处搜寻他的踪迹。蒙神垂怜，他们终于成功了。须发皆白的神甫仅代表他个人向诗人表达了敬意，声称这些作品完美地描绘了一幅苦行者的肖像，令人绝难不为之动容。读了它们，问心无愧的虔信者会流下悲欣交集的泪水，求道路上的懈怠者则会满含羞愧地站起身，擦净灵魂，重回正途。诗人感谢了善信们的厚爱，但表示自己仍极端疲惫，暂时还无法回应他们。

两天之后，在主教大人，即那位尊贵的长者力促之下，一场简朴但盛大的赐福仪式在他与诗人初次会面的大教堂里举行。焚香沐浴后的歌丁披着一件银色的丝袍，和年迈的主教并排站在宣讲台的后面，显得愈发苍白、瘦弱。主教郑重宣布，他身边这位神圣的诗人，以及他本人，将一起为到场的信众祝福，而在此之前，他作为神的仆人，想请诗人简要回顾一下过去十数年来遍洒神性光辉的旅程，以此为神的子民们坚定信心。诗人略显羞涩，但并未拒绝。

说来蹊跷，在这类权威感十足的场合，往往充斥着一种极为反动的喜剧色彩，就像一个隐秘的、说不清道不明的敌人，对力求保持庄严的集体秩序发起挑战。所有人都想做到视而不见，但抵抗的结果往往适得其反：人们很容易因为太过正经而显得很不正经。歌丁扫视人群，仿佛看到一张疯狂大笑的小丑面孔在其中跳来跳去，从一个人的脸换到另一个人的脸，就像一只在葵花田里胡闹的青蛙，糟蹋着太阳的事业。为了遏止笑的冲动，诗人清了清嗓子，低下头，开始专注于讲述自己的故事。他讲到自己如何苦苦地在人间寻觅神的踪迹，讲到风餐露宿的野外生活和危机四伏的山地行旅，讲到自己如何与崇拜乌鸦的食人族周旋，如何在狼群环伺下全身而退，也讲到孤独和绝望，讲到自己在一个遥远而陌生的村子像野兽一样被村民们追捕，在一个巨大的草垛里躲了三天，喝着偷来的酒，用这种廉价的液体火焰焚烧自己的内脏，渴望就此死去……故事中有些部分使人愉快，有些则相反，使人十分不快。结束前，他画蛇添足地、很不自然地总结道："神用我的双脚画了一个圆圈，所以……我又回来了。"

一阵沉默之后，有人向歌丁发问："既然您说，您在寻找神，那您找到了吗？您曾经直接或间接地见证过神的存在吗？"

"是的，"诗人斩钉截铁地回答，"我曾见证，而且今后仍将不断地见证。"

人群一片哗然。这个惊人的答案超出人们的期望，令他们既备感满足又觉得难以置信。有人大声请求诗人立刻予以详细说明。

"神就在我们的语言之中……更准确地讲，神就是语言，语言之外没有神。"诗人抬起头，坚定地看着所有人，继续解释说，"我们都明白，神是无限，是无所不包的整体，既在每一个个体之中，又是任何个体都无法代表或者概括的。据我所知，唯一符合这一特征的事物就是语言……只有作为整体的人，回顾其全部的历史，才可能看清语言的生成和演变……'太初有道'，语言先于一切……神以言创世的壮举告诉我们：没有什么谎言，说出即实现。这是我作为一个诗人，在为了求真而尝遍一切苦楚之后得到的神启。"

由于太过使人费解，歌丁的说法既没有获得肯定，也没有遭到反驳，信众们对他报以掌声，但并不热烈。仪式草草进行完毕，大伙儿便匆匆忙忙地从他身边逃开了。几天之后，人们才陆续有所反应，纷纷议论起来，认为歌丁的言论与过去那些大逆不道的异端邪说并无分别。教廷为此召开会议，经过商讨，得出一致判定，将诗人流放了。

十一 自由

　　古典式的流放不仅是一项刑罚，也是一件馈赠。它强制性地递出一份不容拒绝的、令人畏惧的礼物——自由，给人们披上这种过于沉重的轻盈，扯着头发，将他们拔至空中，迫使他们在苦难中恣意飞翔。"你自由了，但你没有拒绝自由的自由。"带着这样的自我认知，诗人歌丁远离了依法排斥他的城镇与乡村，在泥泞和顽石间游弋。一路之上，他听到，整个星球在他的肩头咔咔作响。

　　那是大陆的脊椎，两个板块碰撞处的荒芜地带。犬牙交错的山脉像一把巨大的罐头扳手，以刑具的冷酷姿态漠然地、无动于衷地掀动地表。隐忍的土地匍匐在岩浆中，背脊腐烂成淤泥，做出一个被押解的姿势，不顺从、不呼救，但也无力抵抗，头和脚被均匀的、刻意消磨的地质演化之力抬起，只将面目埋在燃烧的脏腑中，保留最低程度的尊严。从霜冻作用带到干旱剥蚀带，群山在走下一个台阶的瞬间老去——像一个被孤独箍在自己体内的孩子，玻璃般脆弱与锋利，用锯齿状的指甲抠弄脸上流脓的伤口，怀着绝望的快感一步跨入老年，几乎是雀跃着奔向肉体的分崩离析。草甸像一片缓慢至极的大海，在沙洲之上悄然涨退，在边缘留下一片波纹状的稀土地带。沙、土、水，山脉与冰川，植被与岩层，彼此角力，相互撕咬，顶撞出一道道褶皱，阴影在其中流动，像深不可测的思想。一切都在哀鸣，但被无垠的寂静吸收，唯有寥寥几声鸟鸣与狼嗥，像骨刺一般，被呼啸的山风狠狠地吐出来。

在自然的一角，诗人是语言最后的收容所。渺小，微不足道，却完整地跻身于万有之列——而在他人之间，在街道之上或建筑之中，他的存在总是不充分的，只是他的一个碎片。

孤独而沉静的人，往往有一道狂热的影子。每当诗人的双脚缠满疲惫的荆棘，不得不在山岩或树影下卸掉沉重不堪的自己，他的影子便会环绕他跳舞，舞姿疯癫如一只痉挛的枭；诗人的沉默，对于这位总是过度兴奋的旅伴而言，是最为有效的语言教育。它的口才和心机明显见长，可说是一日千里。它近乎卖弄地摆布言辞，就像孩子沉迷于一件新鲜的玩具。有时，它会以说书人式的调笑与诗人的那些锁也锁不住的、奔马般的念头嬉戏。

有一次，歌丁凭借超乎自然的绝佳伪装躲藏在灌木丛中，有惊无险地见证了狮群的王权更替。目睹衰老的狮王完败于后辈的爪牙之下，拖着伤疲交困的身躯，独自走进末日的余晖。诗人不禁第亿万次对时间主导的竞技感到费解和恐惧。

"莫非这是真的：年轻就是胜利？"他想。他的影子立刻以戏谑回应他的悲哀。"别傻了，"它说，"年轻是荒谬的，年轻不可能，年轻是一种错觉……衰老是唯一真实的生命状态，而年轻从未存在过，或者只是以一种倒叙的方式存在于追忆之中。一个十九岁的人，称得上年轻吗？不，十九岁已经很老了，只不过，出于健忘，出于自恋，当他回溯自己曾经有过的十八岁时，他会认为十八岁的自己是年轻的。不不不，大家显然都搞错了……看看吧，世上尽是些老人……世上只有这群老人……四十岁的老人、二十岁的老人、七岁的老人……只要生命仍然是个从生到死的过程，他们就只能做个老人，只能时刻缅怀自己从未有过的年轻……至于你嘛，你这永生不死的家伙，你自然也不曾年轻，你连衰老也没有过，你没有时间属性……"

在他们之间从未形成真正的对话。诗人的原则是绝不回应，绝不任由自己或他人穿针引线，将散碎的念头缀连起来。有时，因为感觉被冷落，影子会在一瞬间被暴怒的气焰喂成一个巨大的、张牙舞爪的怪物。然而，虚张声势在旷野中，在充斥着危机的虚无中，在物质绝对中立的冷漠中很难奏效。歌丁就像一个颇有经验的母亲，总是以无动于衷的慈祥，以轻蔑的爱怜，轻描淡写地掐灭在婴儿体内萌生的魔鬼的火苗。

就这样，顽固的诗人带着善变的影子，像温暖的石头燃着冰冷的火焰，像穷困的牧民牵着他唯一的财产：一头黑色的山羊，走过山谷和平原。稍有不慎，这头任性的山羊就会夺过他的鞭子，反过来赶着他走，仿佛它才是主人，仿佛它才是向导。这种极具辩证色彩的游戏除了解闷之外，还有另外一个颇为微妙的用途：它将游戏的双方从环境中抠了出来，让他们避免在空间的洪流中耗尽体力，还时常将他们的行进路线扭成一个精美、精确、精妙的图案，体现了某种有待提取的神秘规律：比如一个斐波那契数列，比如螺旋上升的历史轨迹。

当诗人发现自己在一闪念之间居然从荒凉的戈壁之上来到了幽暗的密林之中，居然从草长莺飞的绿野攀上了云雾缭绕的高峰，难免心惊，难免疑窦丛生，难免混淆现实与梦境。正是在这种真幻莫辨的临界状态下，他第一次遇到了镜面人。

　　那是在一条纤细的河流旁边，那河清澈得仿佛处于存在与不存在之间，河底布满白色的石子，在一定距离之外看去，它或许像一条半透明的、怀孕的银蟒，被塞满身体的蛇卵压得嵌在了石缝之间。歌丁看见了自己的镜像，就站在对岸，以不次于他的实在性揳入为他们所共有的、无法分割的空间。两人隔河相望，神情中有着一样的错愕，一样的困惑，和一样的疲倦。也许，"我"一旦出现在我之外，就会散发出一种谁都无法忍受的敌意，一种不可能面对的陌生；也许是他们当中的某一个，也许两者皆是如此——在仓皇之际，远远逃走，就像白昼躲避夜晚，即是说——就像金色的羚羊躲避一头乌黑的豹。总之，那是一次未能成立的邂逅，顶多只是一个短暂的交错而已。

　　然而，在"我"与我之间，化敌为友和意气相投的速度也快得超乎寻常。第二回，诗人在岩洞里躲避突如其来的暴风雪，在篝火掩映下，看见另一个自己蜷缩在石壁的一角。起初，双方都显出了犹疑，但很快，他们便放弃了任何一种选项，默契地在进退之间安下心来。不亲近也不冒犯，装作对方并不存在。当他们发现这一权宜之计不但可行，还进展得颇为顺利，心底不禁生出一种近乎狎昵的亲密感：二人同时略感羞耻地想象对方悄然化开，融进了自己的身体。于是，第三回，当他们在月下重逢之时，嘴上尚且一言未发，心中就已溢满了浓浓的情意。

看着对方脸上的笑容，歌丁觉得这表情诚挚得令人心惊，仿佛通过这微微一笑，一个湿漉漉的灵魂便被翻出，晾在了月光底下。他们倚靠着两棵参天大树，对坐着，彼此注视着，如此度过了半宿。终于，诗人忍耐不住，率先开口道："我的兄弟，请原谅我的沉默。我实在不知该怎样评述眼下的这个奇迹。"紧接着，两个人就像两口封缄了太久的井，毫无保留地互相倾倒着，将各自的身世和盘托出。

镜面人坦言，自己不应，更不配得到诗人的厚爱。"若是我有任何可敬可爱之处，都是得自于您。如果不是您的出现，在这个荒无人烟的地界，我根本就不可能存在，或者至少，不可能发现自己的存在。"他说。

他向诗人介绍了他的家庭、他的种族以及他自己。本应是一部有关苦难与流徙的史诗，却被凌乱含混的讲述粉碎，只筛出一些在命运中闪烁不定的片段。依靠推断和联想，有时还不得不加入零星的臆测，诗人才勉强将这些如雨滴般淅淅沥沥的时刻汇集成一条故事的溪流。

他说他和歌丁一样，曾在熙攘的人群中生活。那时，他被自己的善变百般折磨。"怎么说呢？"他想了想，继续说道，"在社会的棋局之中，每一个格子里都有一个新的角色在等着我。"由于总是在自己的身上看到他人，却从未在他人之中发现自己，他苦闷万分。为了观照自身，为了查明自身，不仅要求助所有已知的学问，还需涉足于神秘的未知。他将阅读当作行走，也将行走当作阅读，攀爬纸页的群山，穿越文字的莽林，从人的面容和神情、从地上的纷繁路径和天空的不测风云中辨析隐晦的暗语，解读书写在树叶、年轮、龟纹和猫眼之内的天意，久而久之，终于摸清了，或自认摸清了本人的来龙去脉。

"终于弄明白了！原来，我隶属于一个古老的部落，是它遗落在人间的最后一批后裔……您是否听说过那个勇士射落太阳的故事？想想看，那怎么可能……无论什么材质的箭支，在到达太阳之前肯定早已化为灰烬了……其实，这个传说还有另外一个版本，说的是，在一个漫长得令人绝望的旱季，一个年轻人独自在皲裂的大地上游走，遇上了一棵高不可攀的大树，在口腹之欲的驱策下，张弓引箭，想要射落结在树上的十颗金色果子，结果射下的却是九面镜子……当他将目光对准仅剩的最后一个目标，又一次将手伸向箭囊的时候，却发现其中已是空空如也……接下来的故事不难猜测：

命数不济的射手在焦渴和悔恨中死去，而那些镜子却在大地上跌得粉碎，繁衍出了一群浮光掠影的生命……我的民族就起源于此。"

他说，他的族人们一向对于文字抱有卑微的敌意，或许，那其实是畏惧：害怕自己因为被记载而死去——他们极少害怕，也极少想到死，因为通常来说，凭借蛮力是绝对无法杀死镜子的，即使将他们碾得粉碎，在炫目的流沙之中，光与影的律动也永远不会停息。那么，来想象一下真正可畏的镜子之死吧：镜面变得黯淡，浮出字迹，像湖水渐渐干涸，让位于石头与淤泥，让位于凝滞僵硬的告白，不再反照、不再回应，不再接纳日月星云以及随风摇摆的树影——每一块碑刻、每一页纸笺、每一卷文书，也许都是一面镜子的尸体。

这些人隐姓埋名，小心翼翼地避让每一个意义的陷阱，但无论多么谨言慎行，要在光天化日之下，在万花筒般的街市之中过避世绝俗的生活，终究还是太过困难了，总有好事的人会将他们偶然的现身记录下来，也总有好奇的人会将这些不起眼的零碎从历史的角落里翻拣出来。也正因如此，他才能够追根溯源，查明自己的出身来历。

"说了这么多，您应该全都明白了。我们不能作为一个独立的、稳定的个体而存在。也许可以这么说：我们是一种特殊的寄生物。'我们'……其实这个第一人称就有点问题，但没办法，否则又能如何自指呢？'自己'……这个说法也有问题……唉，算了，不计较了……"

"每个人都有一个自我。"他说，这是一个多么要命的误解。然而，在这一点上，所有人都是冥顽不化的。即使他承认这个误解，痛恨这个误解，也一样无济于事。他改不了的。"你们照镜子，通过镜子里的脸来认识自己，确认自己……可是镜子呢？它也只能把你们这些入侵者的形象当作它自己。"他说，他的问题在于记性太好，像他这样的人，要能忘则忘，才可能心安理得地生活。比如他的父亲和母亲，他们都善于遗忘。"每天他们都需要重新结识对方，重新相爱……但这没给他们造成不便，反正他们也得重新认识自己。一切都是新的：新的生命、新的生活、新的感受……任何一种以时间的持续为前提的悲剧，都无法作用于他们，即使作用于他们，也无法让伤害持续下去……他们不可能真正被击倒……我就不同了。"

他说，他不能抹除所有的痕迹，因而十分痛苦。他是一面特殊的镜子，是一面不能排空、只能翻动的镜子，是一面像日历一样的镜子。外物更新他的方式是极为粗暴的，他无法拒绝，也做不到彻底的服从，只能无可奈何地看着一张又一张旧面孔从自己的水银头颅上被撕掉——与之相应的，新的容貌披荆斩棘地进入他，被泛黄的、撕不尽的残根纠缠着，伤痕累累，变得诡异、恐怖，越来越令人难以忍受。他不敢面对自己。

某个早晨，父亲和母亲终于未能克服突然掩至的陌生，在门外茫然地看了看对方，之后便各自转身，背向而行，离开了已被他们遗忘的家。他们不会再相遇了。他开始独自生活，避无可避地认清了社会的真相。"阶级……社会中有两个阶级，"他说，"一个阶级主宰着另一个阶级、决定着另一个阶级；那个被主宰的阶级呢？只能作为前者的映射，在阳光下，在街道上，在社会的迷宫里求得一个脆弱的，随时都可能破碎而后吞噬他们的立足之地……我们的生活就是一座镜子森林，里面看上去拥挤极了，但根本没有几个真正的人……镜子们不知道自己只是镜子，那些照镜子的人也绝不会告诉他们。他们害怕镜子醒来、跑掉，害怕面对无形无质的、深不可测的空洞……这就是最可怕的，也是最顽固的阶级壁垒……"

他说，他遇见的每个人都在谈论一个词："自由"。然而，只有他提出了这个问题：没有自己，何来自由？为了找到自己，他只能逃离。他走了，孤身一人，悄无声息地避开人群，没有既定的方向，只凭直觉走向社会的边缘——这边缘宽广得已近乎整个世界。从拥挤走入空旷，从繁盛走入赤贫，从嘈杂走入寂静，他仿佛逆向走过了人类的进步之路。建筑逐渐变得稀疏，街道被生满荒草的小径取代，废墟和坟墓沉积在文明的尽头，原野的风呼啸着，以狂放的舞步碾磨祖先的骨头。继续朝前走，就再也见不着人烟了。

"那么，你终于可以做自己了？"

"嗯，然后……我消失了……不，不对，还是有一个'我'的：一个不是我的'我'……否则是谁见证了我的消失？"

他说，他一直在做梦，做一些没有角色，没有任何主观视角的梦。这个梦从未中断过，而且一直在瓦解，一直在无声无息地、被没有温度的火焰焚烧。日月星辰出现在同一片天空，嶙峋的巉岩、蜿蜒的溪流、参差的莽丛、金色的戈壁、灰色的湖泊，被弯刀般的地平线环抱着，缓慢地旋转。所有的轮廓都渐渐变淡、消退，所有的色彩都交混在一起，万物的界限像透明的花瓣，一片接一片地剥落。

"可是，总还有一个'我'，一边冷眼旁观另一个'我'的凋谢，一边等待着这一个'我'的终结。"他说，那个取消不了的"我"，那个根本不是我的"我"令他恐惧，然而，就连这恐惧也在变淡变薄，或者，变得不再像是他自己的恐惧。做梦的意识在退却，如烟似雾，渐渐飘远、弥散，但始终存在，始终在两面镜子对照后打开的套盒状深渊中层层坠落。直到他的救星终于出现，了结了这个无休无止的过程。

在炼狱山之巅，《埃涅阿斯纪》的作者告诉他的后辈："你的意志已经自由、正直和健全，不照它的指示行动是一种错误；我现在给你加上冠冕来自作主宰。"[①]然而，不是所有的牧者都愿意释放羊群，更不是所有的羔羊都乐于自主行事。况且，形与影、实与虚的关系并非一成不变，喀纳索斯被哀愁之手从人间抹去，比他的倒影更早消逝，无望的爱情使他变成倒影的倒影。镜花水月何谈正直、健全？遑论自由。

他承认，并且是欢天喜地地承认，在某种程度上，诗人算是他的再生父母。一半出于感恩，一半则因为有求于他——只有亦步亦趋地跟随歌丁，他才能寄居在他的镜像里，以免再次陷入那种不由自主的沉沦——镜面人自作主张，担当起向导的责任。

作为一位荒野专家，他通晓每一种风的语言，谙熟胡狼和鸱鸮的学问，能在无星无月的黑夜辨识方向。在

---

① 引自《神曲·炼狱篇》第二十七歌，引文可见《神曲·炼狱篇》（但丁著，朱维基译，上海译文出版社，1984年2月版）第218页。

昼间，他就像被光明俘虏的摩菲斯特，殷勤地招呼着，引着歌丁穿过峡谷和平原的心腹地带；到了日落之后，他便成了被黑暗围困的维吉尔，神色忧郁深沉，不容拒绝地请求就地安营，靠着一堆在火光中呻吟的柴薪，带着明暗不定的表情，为诗人讲授一套由他独家秘传的知识：有关荒凉中的丰盛、寂静中的嘈杂、空无中的实有；即是说，有关一群被无法终止的讨论、被参与会议和戏剧的嗜好拴在无法逃离的圆桌和舞台——广阔的旷野之上的，没有身体的演说家：每逢夜晚便喋喋不休的幽灵们。

"某种程度上，是他们制造了空旷和料峭，是他们发明了荒原。"面目如雾的导师告诉诗人，"与阉人类似，肉身的残损会反映在声音的缺陷之中……由于失去了身体，鬼魂的话语听上去只是一些暧昧难明的噪声与回声，但是，如果你和我一样，懂得如何倾听虚无，你就能听清他们的真知灼见。"

诗人夜复一夜地修炼这种无中生有的听力，直到耳中长出味蕾般的新器官，让他能够像舔舐盐晶一样品尝那些飘落在耳膜上的讯息：花的枯萎、星的衰竭，以及夜色涂抹万物的遁音。"我听到了。"他说。他听到锯齿状的群山切割晚空；听到整个世界像磨盘一般旋转着，发出滞重的摩擦声；听到一丝身体察觉不到的微风像鞭子一般抽打一颗攀在草尖上不肯坠落的露珠；听到被死亡驱散的意义重新凝结为铿锵的语句：一群鬼魂正聚在他的耳边激烈地辩论。

他们是乐观鬼、胆小鬼、市侩鬼、悲观鬼、英雄鬼、醉鬼，个个都是最彻底的无产者，言辞尖刻、惯于否定，而且，都热衷于谈论遥远的真理。以下只是他们漫长对话中的一个片段。

乐观鬼："不瞒大家说，我活着的时候很快活……快活得甚至都不信我会死……说句实话，虽说我现在已经死了，但还是不信。我凡事爱往好处想……可是，似乎只有那些灰暗的事物才能撬开智慧的门户，我也希望自己能有点忧患意识……我不喜欢哀愁，不喜欢悲伤，但是……我向往忧虑，这是一种高级的情绪，或许是最为高级的……我想让自己深刻一点，所以我想听你们这些不快乐的鬼说说你们的忧虑。"

英雄鬼："我的忧虑是……谁能告诉我什么是英雄？我一心想要做个英雄，也曾一度以为自己是个英雄，但现在……我糊涂了。"

市侩鬼："这个傻乎乎的问题太理想主义了，但也挺有趣……让我来告诉你吧。赢家就是英雄……请注意次序，不能颠倒的……没错，我是唯结果论者……不然呢？不以结果论英雄……那还怎么客观，怎么让人信服？所以听我说：英雄是戴在赢家头上的冠冕。"

悲观鬼："劝你少来这套！生活是一场竞赛，或是一场战争吗？对手是谁呢？怎样才算赢？对于生活而言，死就是彻底的失败，是每个人都免不了的失败！结果？结果就是……你的头上不会有任何冠冕，只会有一块被烂泥压弯的棺材板。"

胆小鬼："你们这个话题让我心里发毛……我不懂英雄是什么，但听上去得冒很大的风险，得付出可怕的代价……"

英雄鬼："你倒说对了……代价……代价是关键。英雄就是不惧怕代价，并且随时准备付出代价的人。"

乐观鬼："照你这么说，要成为英雄，就得寻求让自己头破血流的机会咯？我明白，你说的是勇气……无论如何，英雄需要自证勇敢……换句话说，想做英雄，首先得找到自己要对抗的东西。但为什么要对抗呢？总得有个理由吧……毕竟，英雄行为不等于疯狂……为了理想？那么，在理想的年代呢？如果一切都无可挑剔，善压倒了恶，你要对抗什么呢？到那时，恐怕连架挑衅你的风车都找不到咯 ①……难道说，只有

---

① 堂吉诃德与风车的对抗终结了古典的英雄主义，他要求人们摒弃对功绩的追求，将矛头对准最后的、不可能战胜的敌人：虚无。然而，他的确犯下了一个荒唐的错误，因为，挑战虚无的唯一方法便是无条件地接受它，此外的一切姿态都是在回避它。

糟糕的世界才有英雄，或者说，英雄们从不相信世界会变好？照这样讲，英雄在建立对自身的信念之前，先得失去对世界的信念……英雄才是真正的悲观主义者吗？我也糊涂了。"

悲观鬼："呸！得了吧，别扯上我。要我说，哪有什么勇敢……为什么需要勇气？为什么你要求自己勇于面对敌人？还不是因为你害怕面对虚无——你的敌人挡在了虚无之前，从而掩护了你。"

醉鬼："英雄……得喝酒啊……酒都不喝，算什么英雄？唔……"

英雄鬼："毫无疑问，英雄是旧世界的产物，是旧世界的一部分，甚至是核心部分……他渴望旧世界的终结，因而也就是渴望自己的死灭……英雄何止是悲观，他承袭了天然的绝望，甚至连希望也是绝望的——他的期盼仅止于死灭，新世界在他的期盼之外，与他无关……他并不畏惧虚无，只是和虚无保持距离……虚无是始也是终，但不是他所期盼的寂灭……虚无是一种他享受不了的安慰……虚无就是与世界温存，他不懂，他不会……虚无就是……虚无既是他还没出现的旧世界，也是他已经消失的新世界。再补充一点：英雄绝望了，正因如此，他才能充满信念……哦，你觉得矛盾？那好，我解释一下：对于那个新世界，他既无法见证，也就不必怀疑，所以，一旦拥有信念，便牢不可破、坚定不移。"

悲观鬼："新世界已经到来了。我告诉你……它早就来了。新世界是什么呢？一座废墟……曾经，我也想做一个英雄，说不定，差一点就做成了……不知道……反正我曾经很勇敢，勇敢地迎接挑战，勇敢地追求成功，但问题是我发现，越勇敢也就越恐惧：恐惧失败。后来我想明白了，成功是不真实的……现实的世界，或者说世界的现实，能给你的只有成功的幻象。所以，我干脆追求失败了，这就是我的英雄主义。明白吧？我追求失败，如此一来，我至少能成功地失败。可是，新的世界来了，在这个世界上，现实贫瘠到连失败也不能供给了……英雄？不可能了……没有英雄了。"

市侩鬼："那不正好吗？没有成功，没有失败，大家发财。"

胆小鬼："太可怕了。从一个世界到另一个世界……听上去好像我们都得再死一次似的。你们还没死够吗？"

醉鬼："来，喝酒……还英雄呢，酒都不喝……叶公好龙！我看你们就是些座右铭爱好者。"

这时，一个新的声音加入了讨论，对于诗人而言，十分熟悉：是镜面人，也许，说是他自己也无妨。"英雄就是自由的人吧？"他说，"我赞同之前那位讲的：英雄是一顶冠冕。不过，与输赢无关……英雄就是一顶'自作主宰'的冠冕。"鬼魂们一片哗然，有惊叫，有慨叹，也有嘲笑。

乐观鬼："自由……啊，还有比这更可爱的词吗？"

胆小鬼："太可怕了。无人看管，也无人照料……我们能管得住自己吗？我们能照顾好自己吗？"

悲观鬼："你们要知道，自由之所以这么可爱，就因为没有人能自由……不自由的人发明了自由，就像清醒的人发明了梦，对于活着的人们来说，这是一种彼岸状态……就像我们一样。不过作为鬼魂，我对这个问题很感兴趣：你们通常所说的自由，指的是身体的自由还是思想的自由？"

市侩鬼："是思想吧？七情六欲……生老病死……身体怎么能自由……"

悲观鬼："思想？一个自由的思想，一个不受干涉的思想……有吗？思想莫不与学习有关，换句话说，思想从思想而来……每个思想都在其他思想的包围之中，被命令、被推挤、被胁迫……思想的大陆早已没有立锥之地，哪儿来的自由？"

醉鬼："听我说，酒里有自由……只有将整颗星球泡在酒精当中，你们想要的乌托邦，才有可能建成……

唔……"

英雄鬼："够了……这些问题是讨论不出答案的……不是没有答案，只是答案并不在语言的逻辑之中……所以要行动。有人要说了：既然语言解决不了问题，那干脆大家全都闭嘴……永远闭嘴……并非如此……有些语言本身就能构成一种行动……或者说，语言本就应该是一种行动。诚然，如今，语言大多成了行动的推延，甚至行动的消弭……但我们仍然可能通过说来介入、来改变……我的意思是，只要说话的目的是逼进而不是退让，是直陈而不是圜转，是承担而不是推卸；只求真，不求全；不要说得太过流利，要说得艰难一点……正如视力正常的人应当向盲人学习如何凝视黑暗，我们也需要向口吃的人学习，学习如何以一个又一个突兀的词语在阻止我们言说的岩壁中掘进……总之，要有所创见，并且首先，要坦诚……好了，现在我要说了……

"先总结一下吧：大家都认同，英雄的含义与勇气和自由有关……当然，也与其他旨在肯定人性的词汇有关……没错，所有这些概念都暧昧不清、矛盾重重……换句话说，英雄对人拥有信念，尽管这种信念在现有的所有人类身上都无法得到验证；他怀疑一切，但唯独保留这一信念……英雄始终面朝未来，尽管他的前方总是迷途……英雄做不了忧郁的智者，也当不成乐天的愚人……面对重重大雾，他总能将他的智慧和愚蠢调和得恰到好处，让自己只能洞见下一步的落脚之处……英雄总是充满困惑，但困惑并不能阻挠他的行动，相反，困惑是他的动机……他的思考总是到困惑为止，余下的，全部交给行动……事实上，英雄的困惑本就是一种揭示：他以此鉴定被窜改的词语……接着，以行动超越语言的逻辑——当勇敢已经成为野蛮……当自由已经成为堕落，成为一种破坏欲，或者更糟糕的，成为虚无，成为对价值的漠视、对原则的否定……英雄便挺身而出，勇敢地做一个懦弱的人，自由地选择不自由，以他的行动让语言之恶在自相矛盾中崩解……"

市侩鬼："这么说，英雄们想要的新世界就是一个没有语言的世界，一个沉默的世界？"

英雄鬼："没有这回事。英雄只想让那些迷失的、遭人恶意诱捕的词语重归正途……"

胆小鬼："照你的说法，语言真是个危险的东西……我看我还是闭上嘴吧，劝你们也少说点为好。"

醉鬼："说得太好了！喝啊，喝啊……酒后吐真言嘛……"

……

对话到这里便中断了，太过突然，以至于歌丁竟被这一刻的寂静吓了一跳。天快要亮了。第一抹曙色灰扑扑的，质地近于泪水，作为对即将逝去的夜晚的缅怀，过于低调、过于微弱，几乎不易察觉。随后，天地交接之处仿佛出现了一片渐渐苏醒的金属，光芒增强、扩散之后，形成了一种形制更为庞大、有力的东西——比如，天使的翅膀——轻轻一挥，宣告黎明来临。借那一瞬之间如潮水般涌来的光明，他和所有转瞬即逝的鬼魂打了一个照面。他们每一个都不可思议的年轻，比婴儿更加稚嫩、纯净。诗人意识到，鬼魂们并非已经完结，而是尚未开始，而人，一出生便已老迈不堪。他看着他们，看着这些露水般的面容——其中也包括他的镜像，他那位临时的孪生兄弟——在晨曦中消散。随后便跌坐在地，闭目聆听，听着晨诵一般的鸟鸣和山峦中的河流——犹如大地的一道永不愈合的伤口。

诗人沉浸在充满灵感的沉默之中。如同一把拒绝被演奏的提琴，只端坐着，将所有美妙的音符留在自身之内；像一个没有出口的蜂巢，役使所有无法起飞的词语，为他一人酿制香甜的幻梦。梦中，空旷的原野上四处回荡着镜子破碎的声音。

清醒时，他再次忘却了自己的名字，成了一个全新的人，一个无法定义的人。

十二 流放

近代以来的流放越来越接近行为艺术。

在权力摆弄肉身的一切现代化手法之中，只有流放稍具美感。事实上，流放在骨子里是相当温柔的，是具有文学性的，好比一部象征主义的杰作，以一种伤感的修辞，透露出无可奈何的意味，表现了权力女性化的一面。实施这种行为，实质就是权力在对人们耳语：我知道你不可能爱我，但也别太恨我，我不是一头吃人的怪兽，我只是在模仿你的命运。

对于永生的人而言，流放是一种无法根除的神经官能症，一旦有了第一次发作，就将在不同的时空接连复发。诗人就像一位受迫型的旅行家，被人押解着，过上了一种从流放地到流放地的游牧生活。当一道赦令，或者仅仅是遗忘结束了一段流放生涯，就会有人专门将他从贫瘠的山区、荒芜的小岛，或是冰天雪地里打捞出来，迎回城市里安置下来。当一个王朝被另一个王朝取代，或者当一个王朝被一个共和国取代，有时他还会因为一些批判旧时代的诗作而得到英雄般的优待。但对于诗人来说，时代是无法保鲜的，无论任何时代，在来临的那一刻就已经旧了。正常的人类社会，对于他，只是熏染人间烟火的驿站，诗人知道，下一次流放距离自己总不会太远。并非君主们和领袖们都有流放诗人的特殊癖好，而是数个世纪以来，似乎所有的人类集体都对人性总量设置了上限，作为一种调节，太过人性的成员会被当作一种多愁善感的野兽，被套上绳圈、拴上锁链、圈养在荒凉偏僻的处所。实话实说：这样的环境对于诗人的秉性也是适宜的。

流放地是现代世界中未经充分祛魅的部分，在其中，自然仍倔强地以一种史诗时代的方式，以一种你死我活的方式毁灭人或成就人。但人已经不同了。被流放的人是不可成就的，他们做不了英雄，或最多只能做掉了魂的英雄，只能过一种不完整的、半吊子的史诗生活，要么是奥德修斯的前半生，要么是俄狄浦斯的后半生。

对于诗人来说，自己的流放经历大多乏善可陈，唯一值得回味的只有关于采石场的记忆。那是一座盛产大理石的岛屿，是帝国为相对温和的反对者安排的炼狱。每天早晨，诗人和同伴们在监工的鞭子和呵斥中，背对朝阳，经由人工凿出的阶梯，下到岛屿的地下部分，就像从甲板走下底舱的水手。煤气灯像一只不听话的小狗，在手里抖个不停，晃花了人眼，仿佛有许多鸟的影子从灯罩里被甩了出来，四下飞舞着。布满斧痕的岩壁让人触目惊心，半睡半醒的诗人在恍惚间以为，他们走进的是一条石头鲸鱼被挖空的内心——其实并未完全空掉，洞底还铺着一层悲伤的海水，既腐蚀膝盖也腐蚀灵魂，足以让沉默寡言的偷心贼们痛苦万分。

一般情况下，这些采石工人整个白天都泡在鲸鱼的眼泪里作业，到了夜里，又被风湿病折磨得死去活来。所幸神早已规定，要将第七天留给闲暇，于是，岛上的流放犯们每七天也能享受一个休息日。每逢这个被赐福的日子，诗人多半会躺在海滩上或礁石上晒太阳，闭起眼睛，想象自己正在消失。

有一天，一支由雕刻家和石匠组成的队伍来到了岛上，一行人在刚刚切割好的石材堆里穿梭，东瞅西看，最后相中了最大的一块——那简直是一座方形的小山。显然，他们将要制作的是一个罕见的巨型雕像。作品的规模决定了相对特殊的工作方式：一切工序都在材料的原产地，即这座岛上进行，先由雕刻家用炭笔在石头上画出设想中的成品形象，然后再由工匠们集体加工，雕凿而成。工程旷日持久，叮叮咚咚的响声不绝于耳，像时间敲打着手里的木鱼，一连数次，横着蹚过四条季节的河流。采石场一向喧嚣不堪，仿佛一场经年累月的战争——一场人与石头的战争——在里面打个没完，与之相比，这些雨点般细碎的敲击声倒有些悦耳了。

在失去自由的人身上，好奇心通常无法长久存活。诗人一边听，一边想象着创造者们的劳作，但也仅限于想象罢了：他确信一件伟大的作品将在这座岛上诞生，却从没想过要亲眼见证。一个星期日的早晨，在半梦游的状态下，出于一种骆驼在沙漠里寻找水源的本能——它牵引着诗人转向自己并不了解的渴望——他被双脚架着越过了小半个岛屿，在自己一直回避又一直向往的场景之前，受到震撼，被一阵战栗箍住了双腿，远远地站着，看着，迷茫得像从梦的口袋里漏出的一粒豌豆。

一大群工匠散落在一块巨石的各个部位，明明渺小得可怜，自己却浑然不知，只顾埋着头，热火朝天地忙碌着。这幅景象过去常常浮现于诗人的脑际，但现实是想象所无法比拟的，想象一旦成为现实，就像海绵吸足了水，其中必定饱含隐喻。人与石体积悬殊，让这一幕看上去像是巨人的手术或是蚂蚁的宴席，艺术的愉悦被漫长的工期稀释，创造者的优越感在宏大的受造物面前粉碎。没有贯穿整体的魔法，只有从局部通往局部的艰难，只有挫败，只有忍耐。悲剧，一切创造都是悲剧，诗人想，弗兰肯斯坦的悲剧，上帝的悲剧。

日复一日，一个溺死在石头里的庞然大物被凿子一点一点挖出来：一位英伟的帝王跨着一匹扬蹄嘶鸣的骏马。诗人在旁边看着，常常替它感到伤心。为了供人仰视，它被锁在一个尴尬的瞬间，完全遗忘了下一个动作。有时，在这僵死的姿态中会冒出某种缥缈的东西，某种出窍的东西，某种只有诗人能看得见的东西：一个幽灵。"哦，天哪。"有一回，它对诗人喊道，"我陷在自己的尸体里了，多么不幸啊。多么讽刺啊，过去，我以为这样才叫活着。"

理论上，大理石是一种近乎永恒的物质，但雕像却是历史的囚徒——这一人一马在离岛之前就遭了厄运。新的时代来了，新的君主派来一位新的雕刻家和一群新的工匠。铁锤飞舞，将巨大的白马骑士捣得面目全非，余留的整料被用于雕琢一张权力的新面孔：推动了改朝换代的新领袖站在高处挥舞手臂，低头俯瞰他的臣民。住在石头里的幽灵愈发悲伤了，常在夜里对着诗人的耳朵呻吟："啊，我好像换上了一具更年轻的、更强有力的身体，可我得救了吗？并没有啊，并没有啊。对我来说都一样，都是死的，早一点死或晚一点死，没有分别……啊，尸体更小了，里面更挤了。"

革命的浪头一个接一个地涌过来，将雕像的命运一改再改。就像一个层层嵌套的蛋，每个形象都只是一层脆弱的外壳，未及受人膜拜，就已经被砸碎、剥除了。石头越来越小，不再适于表现勇武和威严，后来就被遗弃了。诗人从地上捡起了它——如今，这只是一块毫不起眼的、随处可见的白色石块——用手里的凿子三下两下凿成一个粗糙的、没有名字也没有面目的玩偶。拿在手上把玩了没一会儿，他的老朋友，那个爱抱怨的幽灵就又一次出现了，轻飘飘地浮在雕像背后，已经缩到只有拳头大小，吐着火苗般的舌头，用微弱的，谁也听不见的声音说了几句话，然后就消失了。诗人没能目击整个过程，不知道它是自由了，还是熄灭了。

后来，没有人需要大理石了，没有人还会做为自己树立雕像的梦了；再后来，所有人都在自己的家里被流放了，流放地也就不复存在了。诗人离开了小岛，辗转了几块大陆，十几个国家，几十座城市，最后停了下来。不是因为找到了满意的栖身之所，而是终于明白自己永远也无法满意。

他被什么给困住了，突围不了，无法回到现实生活之中，就像一个在羊水中泅游了几个世纪的婴儿，始终没能找到一个合适的出口。诗人更孤僻了，哪怕在那些最热闹的地方，也过着一种离群索居的生活。与此同时，他的影子却在飞速地成熟，模样越来越真，能力越来越大，变得比他还要像他。诗人察觉，他的这位黑色的孪生兄弟时常在夜里离他而去，起初只是趁他走神的时候，偷偷地、悄悄地溜走一会儿。后来，它看出他根本无意干涉——即使有意也无能为力——便更肆无忌惮，更频繁，也更长久地甩掉他独自外出：事实上，他们已经很少在天黑以后碰面了。

在一个恼人的夏夜，诗人失眠了：夜晚不加选择地进入一切，唯独回避他的瞳孔。太疲倦了。一个美丽的、清凉的梦境就悬在枕边，他却在一旁久久徘徊，不得其门而入，就像一条搁浅在沙滩上的鲽鱼，徒劳地望着近在咫尺的大海。突然，他发现窗前的书桌边坐着一道黑影，大吃一惊，伸手扭开了摆在床头的台灯，待看清之后，才长长地舒了一口气。原来是它呀，一袭黑衣，风尘仆仆，惊慌失措地抬起一只手掩住眼睛——灯光虽然昏黄、黯淡，但对它来说，已是难以承受。

"是你啊，你回来了……一去就是这么久……都去哪儿了？"

影子呻吟着，伏在桌面上，仿佛完全虚脱了，发出抽咽一般的喘息，半晌之后才以嘶哑的嗓音回答他："想必你已经知道了……我并不只是你一个人的影子……很少有人在意影子的忠贞，不过我还是要说声抱歉……你实在是太长寿了……不，准确地说……你的生命简直望不到尽头……平心而论，谁能一直保持耐心，能这样长久地拴在一个人的身上？"

"啊，"诗人愣了好一阵，才嗫嚅着，期期艾艾地开腔说话，仿佛十分过意不去，仿佛在两者之间，他才是那个应该道歉的人，才是那个辜负了对方信任的人，"我注意到了，但不记得是从什么时候开始的……没想到我竟然让你如此烦恼……我理解你……不过，影子可以选择自己的伴侣吗？"

"并不总是。"影子没有抬头，仍然有气无力地，带着一点哭腔，轻声说道，"像我这样的影子不多……也许只有我一个。你得知道，多数影子还是十分低等的生物，是一种像墨水一样的流质，没有感官，更没有自我意识，只是盲目地随着光线的游移而流转。它们的生命太短暂了，还没有来得及理解自己活着这一基本事实，就与它们的宿主一起被完全的黑暗吞噬了。作为你的……作为你这位永生者的影子，我才有充分的时间进化出全部的机能，视、听、触、嗅……还会悲伤、会愤怒、会痛苦……啊，我有了人的大脑，灰色的，也许不那么好看，像被焚烧过一样，但我能思考……不知道这是幸运还是不幸。"

"这么说，你是自由的吗？"

"唔……那你呢？你是吗？"

影子的反问让诗人有些措手不及，又一次现出了窘态："你也许误解了我的意思……我仅仅是在想，离开我的时候，你都和什么人在一起，是你自己选择的，还是命运指定的……无论如何，是什么引着你去往他们身边的？"

"嗯……问得很好……几乎要触及实质了。"影子已经恢复了平静，声音变得清晰，尽管仍难掩疲惫，但显得温柔而坚定，有些像遮住面孔听取告解的神父，"我猜，一道影子的个性——我是说，一道我这样的影子——与它最初的宿主有至关重要的联系……这么说并不过分：你就是我的父亲……所以，和你一样，我也习惯于把对伦理的关切贯注到自己的目光里，我用这样的目光观察所有的现象，再凭这样的观察来做出判断……我就依据这种判断来选择我的伙伴……并不是说他一定要表现出很高的道德水准，绝非如此……我要找的是问题缠身的人，是由于这样那样的原因被置于无法回避的伦理困境的人。他得经历五花八门的疯狂，得替所有人事先上地狱去走一遭……对于一个影子来说，对于一个除了窥探就无事可做的影子来说，这样的人可谓是最佳伴侣……影子善于打探人心的幽暗……我在各个时代寻找他们，就像在一根绳上摸索那些打结的地方，很少会落空……我欣赏他们……没办法，这也是从你那里继承来的：人性的复杂结构对我而言是一种艺术，总是能够引发我的审美愉悦……我知道，这听上去有些冷酷，但请允许我为自己辩解：这愉悦与一种高尚的情感是分不开的，甚至就是同一种东西……你可以称之为——慈悲……尽管一个影子的慈悲对人毫无帮助，甚至根本没人能感知得到……还是和你谈谈我的新宿主吧……最近，我一直都在他的身边，只在他熟睡的时候，才会回来看你。他叫保罗·蒂贝茨……"

影子对诗人讲述了一个柔弱的男孩如何成长为一个顽固的男人的故事。这孩子出生在一个橡树林边的小镇，自幼便喜欢哭泣，似乎任何人任何事都会让他感到委屈。生活太过坚硬，而且避无可避，频频锤击他的双目，从中掘取天真的矿物。他的父母常为他担忧，认为他的意志不足以应付成人世界的艰辛，小心翼翼地守护着他，也压抑着他。他的敏感使他远离人群，却让他能够近距离地倾听自然的耳语。他总是早早溜出家门。在清晨的第一声鸟鸣之前，淡紫色的天空下，房屋、道路以及郊外的原野都有着绸缎般的质地。微风吹拂的草地泛出一天之中最浓的绿意，鸢尾花、多榔菊和三色堇点缀其间，像多彩的星辰披挂着露滴。远处的橡树林还是黝黑一片，仿佛无数条枯瘦的手臂高擎着一团乌云，少年保罗想象那是夜晚的最后一座堡垒，是一个巨大而孤傲的灵魂，作为松鼠和猫头鹰的家园，专门收容喜欢窃窃私语的动物，借它们之口对他诉说。然而，他还十分稚嫩，还没有做好与之对话的准备。

在那个时段，保罗还常有机会听到另一种声音，虽然转瞬即逝，但极为强劲有力，会在他的耳中久久回荡：那是低空飞行的飞机，通常是运输机，偶尔也有战斗机。在它们飞过的片刻，他会就势躺倒在柔软的草地上，面对天空发呆。他相信天上有一种地面所没有的寂静，就连这些铁鸟的轰鸣也只能向下喷射，无法停留在空中。是啊，在那么高的地方，尘世的喧闹怎么可能立足？

你猜中了。没错，成年之后的保罗加入了空军，但不要误会，童年的记忆从未在他心中发酵成为某种理想。一切纯属偶然。也许他对父母的宠爱感到腻烦，急于摆脱他们；也许除了参军之外，正处于青春期的他实在找不到能给自己增添魅力，吸引异性的办法；也许他太爱那套制服了，不惜一切代价都要穿上它。谁知道呢，那个年纪的男孩总有点疯狂。但他确实具有非凡的驾驶天赋。像鸟和鱼等梭形动物一样，他的身体是一枚天然的指针，而且指向总是惊人的准确。那一大片没有任何道路的虚空，在他的眼中被分解为一堆点、线、面的组合，可供他随时按需选择。哪怕在最激烈的空战中，他也安之若素。云上就是他的猎场，敌人的战机只是一些任他宰割的猎物。在战争的头两年，保罗立功无数，获得多次嘉奖，军阶一升再升，到了第四年，已经是一名明星中队的指挥官了。不过，他并不因此而快乐，运筹帷幄的工作对他来说其实相当无趣。直到有一天，他接到了新的飞行任务，上级告诉他，这是只有最杰出的飞行员才能胜任的终极任务。在反复操演了一个月之后，按照事先的部署，他率领一组精英，驾驶最新型号的远程轰炸机，驶往敌国的领空。他们的弹药舱里装载了一种威力奇大的武器，以往从未被使用过，包括保罗在内的机组成员都对它充满好奇和恐惧。如今，它即将站上仇恨的顶峰，为他们跳起一支前所未有的毁灭之舞，一想到这一点，这些身经百战的勇士就克制不住身体的战栗。

一切进展顺利，顺利得有些配不上这一刻的历史意义，让这项伟大任务的执行者们打心底感到失望，感到空虚。没有遭遇任何阻击，他们便达到了目的。定点投弹是空军的基本技能，几位战斗能手早就练到了万无一失的程度。锁定目标位置，根据飞行高度和速度计算炸弹的运行线路，倒计时，五四三二一，扳动操作杆，撤下按键。机身因为瞬间变轻而微微向上扬起，像一个怀胎十月的母亲，卸下重负，沉沉睡去，而机上的每个队员都是一位焦急的父亲，瞪大眼睛，看着与自己初次见面即成永诀的孩子缓缓穿过云层，坠入人间，去揭晓一个末日的真谛。

"当时，我就靠在他的脚边，"影子说，"有几秒钟的时间，这群人脸上的烦躁、忧虑和迷茫都消失了，取而代之的是一种格外安详的神情……我想，这短短的几秒肯定在他们的感受里被拉长了，长得近乎永恒，长得让他们感到欣慰……让他们以为自己得到了一个承诺……以为一切都不会发生……炸弹不会爆炸，人们不会死去，他们会一直待在天上，永不落地……"

这当然只是错觉，铁一般的事态步履铿锵，任谁也无法阻挡。必要的时候，大伙儿都能在自我的洞穴里躲上一阵，但藏是藏不久的啊。遥远的地面上冒出了一点火星，仿佛一粒红通通的种子，被一种骇人听闻的生命力催动着，飞速地膨胀起来——怪异的是，在飞行员们看来，这个过程反而极为缓慢。一来因为它虽如此激烈，却无声无息，声音的缺席损伤了感受的即时性；二来因为这景象实在太过迷人，也太过恐怖，被完全慑服的眼睛已经丢失了捕捉变化的能力。所有人只看到一个庞大的，拥有无数层次的光焰之花在半空渐次绽放，像一只熊熊燃烧的水母缓缓浮向天际。如此温柔，如此轻盈，充满惆怅，充满哀伤，如同从行星的眼球里渗出的一颗火红的泪滴。飞机不断拔升，加速逃离，但机上的乘客却不约而同地生出一阵冲动，想要驾着飞机冲向它，犹如冲向那最后的、最好的安慰。火球不断胀大，将靠近它的一切都吸收进去，房屋、道路、农田、山峦、河流、整座城市，还有所有的声音——保罗什么也听不到了，只看到他的同伴似乎在叫嚷，在疯狂地大笑。他想起自己的少年时代，想起那些像雏鸟一样清新的早晨……他明白，他终于抵达了那时曾无限憧憬的绝对寂静。这可遇而不可求的寂静使保罗·蒂贝茨恍然大悟：此刻，正在他们下方狼吞虎咽的那颗袖珍太阳，其实是他的旧相识，它不是别的，正是故乡那片橡树林的阴影，正是那个巨大而孤傲的，乌云般的灵魂。他喃喃自语：是你啊，你来了，来将你的秘密说给我听，你没有忘记我们的约定……

轰炸机恰在此时飞离了危险区域，队员们从暂时性的失聪中恢复过来，只听得罡风阵阵呼啸，仿佛所有被罡黜的死神一起发出了此起彼伏的哀鸣。

"就收割生命的效率而言，死神们的镰刀从那一刻起，就成了一种落伍的工具，"影子总结道，"经保罗·蒂贝茨之手投向人间的新武器，只用了几秒钟，就抹去了十几万人。而且，他不会再哭泣了，不仅不哭泣，还心安理得……他就是这么告诉别人的，他说他睡得很好，从来不做噩梦……关于这一点，我可以作证……他实在堪称睡觉的天才，就连雷电也无法戳破他化石般的酣眠……我知道，这都是因为那个不可一世的灵魂进入了他，占据了他，将一个永不消逝的夜晚留在了他的心里，就像它过去对那片橡树林所做的一样……虚无战胜了死亡……大获全胜……对于一个影子来说，这算是个喜讯……不过，我说这个干吗？这和你有什么关系？"话音一落，紧接着便是一阵自我解嘲的笑声。

"啊，对了。"他又补充道，"另外值得一提的是，这个保罗·蒂贝茨，在这次行动中得到了灵感，给他的意中人写了一封情书，靠着它求爱成功。其中有一句，或许正是打动她的那一句，是这么写的：'末日来临，我的爱不但分毫未损，反而加倍。'你看，爱与毁灭之间竟然以这般微妙的方式正向关联，如此说来，最后的审判将带给我们多么甜蜜的一刻啊……"

窗外，天已泛白。诗人关上灯，接着狠狠地抹了一把脸，似乎想抹掉一张困扰着他的蛛网，抹掉一个过于芜杂的梦境。眼眶受到挤压，造成了暂时性的视物模糊。他恍惚了一阵，只觉得自己的双眼像一对久别重逢的恋人，克制地、犹疑地，缓缓向彼此靠近，突然不顾一切地拥抱在一起，重又交叠出一幅完整的图景：墙壁、书桌、淡如轻烟的人影。就在电光火石之间，一切以极为秘密的方式发生了：诗人眼中的现实被揉得粉碎，然后又渐渐聚拢，自行愈合，恢复了清晰、稳定。当然，也不能排除另外一种可能：此现实非彼现实，旧的已被新的代替。

沉默良久之后，他问他的影子："昨晚，在我醒来之前，为什么你一直坐在这里，对着书桌？只是因为喜欢这个姿势，还是你当时正打算做点什么？"

"嗯。我在思索……在组织语言……我打算……也许，我也能写点什么。"影子回答。

十三 祛魅

　　"不必追求离奇，关键在于言语，你可以将寻常的事故说得离奇。"这是一个一袭黑色长衫、生有一把山羊胡子的流浪说书人告诉诗人的。那时，诗人正从事制造离奇的产业：许久以来，作为一个蹩脚的魔术师，他跟随着一个巡回马戏团在那些地图上没有标注的小村小镇间游弋，为粗野的农夫、丑陋的农妇和他们面黄肌瘦的孩子们表演。这些在泥里爬来爬去的观众总是脏兮兮的、醉醺醺的，扛着布袋、挂着锄头、拎着粪桶，以污言秽语彼此问候，连喝彩都不会，只知道起哄。但他们是真爱看小丑和侏儒，杂耍和驯兽，除了这些愚蠢的奇观，没有什么能够抚慰他们。仿佛对于他们而言，生活才是一个畸形的野兽，此外的一切怪异与疯狂，都是为了让它暂时驯服。

诗人的魔术并不怎么受欢迎，因为他的表演总是太过微妙，甚至有些玄奥，需要专注，也需要见识和鉴赏力，缺少那种近乎强暴的卖弄，不能让笨蛋们目瞪口呆。他不懂如何将一个人劈成两半然后再拼合起来，也不懂如何在转瞬之间从舞台转移到百米之外的牛棚里，他的把戏难度更大，却没人能够欣赏。他能让兔子的两只耳朵交换位置，能让一只燕雀发出杜鹃的叫声，尤其是，他能在舞台上一直活着，直到所有人都已死去。当然，这最后一种魔术是不可能有观众的。

诗人与说书人相遇的时候，连场的战争、灾荒和种种荒谬的苦难刚刚过去，幸存的人都沾了些死者的迟钝，加上长期的饥饿和恐惧导致的虚弱，他们无法在观看演出的时候适时做出反应。演员们受到挫败，节目因而支离破碎——除了出类拔萃的，历经孤独淬炼的顶尖演员以外，多数表演者都把假想中的掌声、笑声、口哨和尖叫当作表演的节拍器。他们过于依赖嘈杂，无法掌控寂静。说书人单枪匹马地夺走了整个马戏团的观众，其奥妙在于不断推延，始终拒绝兑现的悬念。而那个永远处于到来之中，却从不真正到来的关键情节，呼应了一种普遍的心理结构：密密麻麻的人丛悬吊在遗忘的深渊之上，犹豫着，渴望却又不愿松开攥在手里的吊索，因为他们亟须遗忘的是自己一生中唯一值得铭记的事情。

　　故事与马戏原本是两类相去甚远的消遣。前者理应是说给坐着靠背椅，啜着茶、抽着烟，肤色略显病态的雅人，或是倚在吧台上，端着啤酒杯，眼神迷离的闲人听的。这些人是城里的先生和女士们，听归听，不一定会认真地盯着说书人的脸看，有时甚至也不真听，只是在语句和情节的流动中感受和思考——故事通常在话音消逝后还会持续一段时间，有些故事永远也不会结束。后者则更适合，或至少同样适合那些简单的人，那些常年与工具和土地打交道的人——与他们的工作类似，演员们依赖力量和技巧收割观众的注意力。马戏是对感官的献媚，是直接的，动作性的，无须思维参与的，就连它的虚伪也是昭然若揭的：人们深知舞台上没有奇迹，没有神灵、魔鬼和力士，只有对于超人之物的拙劣模仿。

　　这两者就像河里的鳄鱼和海里的鲨鱼，鲜少有机会出现在同一个环境中，但那时，环境的界限正在不断地推移。城市的规模每天都在扩大，而乡村，就像那些习惯了逆来顺受的情人，一次又一次退让，一次又一次献出自己。那些高大的现代建筑，神情呆滞的混凝土刑天，每天都在城乡的边际徘徊，等到夜里就偷偷地向外挪上一两步，然后在残破的田垄边、干涸的水道旁蹲下来，用幽暗的楼窗阴郁地凝望被推倒的畜栏和被填平的池塘。在这种缓慢但剧烈，而且似乎是无休无止的地质变化的作用下，出现了大量的模糊地带和过渡场所，比如麦田中的游乐场或牧场边的电影院。那个晚上，说书人和马戏团凑巧在一个集市式的、半露天的咖啡馆里同时为两拨不同的观众表演。

"听我说啊，"说书人被烧酒和午夜时分醉人的静谧所蛊惑，对诗人侃侃而谈，"别再总想着叫人吃惊了……如今的人们早都给吓坏了……也别想着结束他们的焦虑，他们习惯了焦虑，焦虑并不伤害他们……甚至可以说，他们正是靠焦虑才撑到现在的……此外，还有一个错误的信念能帮他们活得更久：他们总觉得自己的生活充满了戏剧性。我的工作就是给他们树立并且加固这种信念。"

他说，他用他的故事给一潭死水注入一些隐秘的波澜，在生活的反面虚构出本不存在的尊严。就具体效果而言，经过他的阐释，卑怯的人以为自己的低三下四是出于教养的忍让；势利的人以为自己的见风使舵是一种顺应社会潮流的积极态度；冷酷的人以为自己是理性和科学精神的信徒；另外还有，更多的人陷于可耻的，因毫无理由的自恋而生的忧郁，却误以为这是一种出尘脱俗的高贵。"他们需要我，需要以我编造的故事作为自身存在的佐证。"他说。

这是一场对艺术的谋杀，诗人想，平庸的成功是致命的毒剂。人们偏爱低劣的次品，不再渴望超越性的事物，不再思考也不再做梦，对一切奇异和神秘视而不见。他们清早出门，傍晚回家，整日忙于生计，操心天气和物价，对于他人仅致以淡漠的注目，对于时事仅保持浅薄的关切，回避好奇，回避追问，回避羞耻心，回避想象力，回避自己的道德激情。时日易消磨，光阴像水银般滴落。待到天空暗淡下来，那些专为沉思预备的时辰到了，一波接一波的自我质询随着夜色涌入屋檐底下。尽管为了免于反省，他们千方百计地废除了思想，但蒙昧中仍有一种本能，使他们察觉被虚度的光阴，被污损的良知和被辱没的自尊，悔恨和沮丧像赶不走的蚊蝇疯狂地叮咬他们。由于早已忘记怎么忏悔，他们无法自愈，待在家里，却感到无遮无拦，只有躲进安全但无聊的故事铠甲里，才能抵御自杀的冲动。

神并未死去，只是成了另外一个马戏团里的魔术师，偶有现身，也只能在哄笑声中黯然退场。

庸常具有至大至恶的欺骗性，因为它企图霸占真实。它自称参与了，甚至创造了历史，即是说，它不否认非凡的存在，却声称一切非凡的事实都是借由庸常的堆积来实现的；它一直排挤和压抑其自身之外的其他真实，将浪漫、美德和灵性贬斥为无用的幻想。一直以来，是艺术在守护着庸常以外的那部分真实，而一旦艺术放弃追求独特——对艺术而言，这种追求具有绝对的正当性，哪怕会显得古怪和令人费解——其自身也将沦为庸常，真实也就名存实亡了。

诗人在回忆。在不算太久远的过去，他也曾经是一个城市居民，在市政数据中被计作一个人口，一个存活者，一个消耗者，一个占用者。他想，城市本就是所有城里人共同完成的一个虚构作品，也许，只有庞杂、肮脏的下水道系统，以及其他它费尽心机想要掩藏的东西是真实的。另外，还可以说，城市是由各个行当构成的一座职业的森林。为了谋生，他做过各种各样的工作，他感觉自己时而是食草动物，时而是食肉动物，在第三种情况下，则是一棵隐忍的树。

他做过香烟品鉴师，每天吸几百支香烟，仿佛一个吞云吐雾的神灵，在氤氲缭绕的房间里闭目凝思，捕捉气味和口感的细微差别，然后以花花绿绿的条形图表和感性文字描述这些差别。他将烟气的甜润度和细腻度各分为八个等级，然后以八大行星和八种卦象的名称来命名它们；他小心翼翼地在烟草中添加各种微量的香料，调制只有他一人能够鉴别的、至关重要的配方，就像上帝以创造者的大能在少女的眉眼中掺入那些极其微小的魅力秘符，或是诗人以棋手对待最后一步棋的谨慎，斟酌一个标点和一个虚词的位置。

他曾是一位相当出色的首饰匠人，不仅要给那些精致小巧的金属物件镶嵌璀璨夺目的宝石，还要镶嵌委托人的一颗真心——文学家的本能让他将象征看得如此重要——给坚硬、冰冷的质地添些暖意，以融于主人的肢体。他以各种材料打磨浑圆的串珠，用和曙晖晨光一样纯净纤细，如爱神之箭一般温柔坚定的丝线贯穿其心，把作曲家针对听觉施展创造力的方法移植到视觉方面，将水晶、珍珠和玛瑙当作音符，以光彩的碰撞交击在人们的手腕和脖颈上演奏无声的乐章；他打造形态婀娜的胸针，仿佛从黄金或白银的峡谷中捉出大大小小的蝴蝶，钉在先生太太们的胸口上；他致力于用每一只指环演示一个恒星轨道，其中最小的那只，没有任何一根手指能够佩戴，接近完美的圆形：它代表的是善、无可置疑的律令，以及，宇宙。

最讨诗人欢心的一份营生，是为奇技淫巧的爱好者和专嗜猎奇的收藏家们制作名为鲁班盒的道具。那是一种设计极为复杂精巧的盒子，材质或为金属，或为木石，有些通体镂有纹饰，有些则全无雕凿的痕迹，有些华丽，有些拙朴，多数是最为普通的六面体，少数则以特殊的形体——例如金字塔式的正四面体，或是毕达哥拉斯十二面体——模仿某个对象、表达某种寓意。决定了这些外表千差万别的器件可被归于一类的共同属性是：它们在成型之初都是密闭的，而且都没有常见的锁扣结构，甚至没有可辨认的盒盖，只能靠一个或多个环环相扣的机关开启与关合。打造一只鲁班盒好比建造一座微型密室。工匠们以看不见的直线、折线和螺线分割一方狭小的空间，反复调试各个零部件的运动轨迹，使之耦合出雪片般绝妙的图案，并确保那些薄如蝉翼、细如针毫、轻如蚁足的机簧能被精准触发，如多米诺骨牌一般，推动着谜团一步步抵达最终的雪崩时刻；既天马行空又秩序井然，是将立体几何应用于实物的极致，其难度及趣味近乎造物主的工作。

作为一种颇为别致的礼品，鲁班盒兼有恶作剧和谜语的效用，有时还带有挑衅的意味。据说，一位将军曾将他的作战计划装在一只特制的盒子里寄递给敌方首脑，想在战争开始之前先以智力决胜。那位收件人，另一阵营中的另一位将军在百般尝试依旧无果之后，对对手的把戏厌烦透顶，想以暴力手段破坏盒子，却不慎触动机关，被突然弹出的飞刀射杀。那张标明了作战部署的图纸也被从暗格流出的酸液腐蚀，终究还是毁了。

诗人一向不屑于迷惑人的花样，从不刻意将人引入歧途，只以精密与繁复的手段与那些聪明绝顶的玩家周旋，一次次挫败和激发他们窥探的欲望。在他的盒子上，绝对找不到任何一个多余的、无用的细节。诗人打造盒子的过程，如同用黄铜织锦，或者在石头上刺绣。他的那些巧夺天工的作品，一些看似毫无章法，像是以一堆凌乱的枝条随意搭建的鸟巢，另一些则可能像一块完整的石头，表面光滑，单凭肉眼找不出任何缝隙，但其实都是在数理规律的完美约束下，以精准的切割工艺和微妙的运行逻辑，在方寸之间实现的奇迹。一般而言，鲁班盒的制作难度与其体积成反比，因而通常以小为贵。诗人向来爱做小盒子，其初衷却并非逐利。照他的理解，鲁班盒是一种逆转空间法则的装置，盒内盒外有两种截然相反的空间度量模式，换言之，越小的盒子，其内里便越显辽阔。代达罗斯的神奇建筑外观宏伟至极，但内部空间十分有限，仅凭女人手里的一个线团便可贯通，因此那个像蜘蛛一样循丝而行的男人才能安然折返；而诗人在制作每一个盒子的时候，都会在其中迷失，即使穷尽他那漫无边际的生命，也无法从任何一个当中走出来。所有这些盒子，层层嵌套，重重围困，将诗人囚禁在里面，而在最里层，居于核心位置的那个盒子，正是我们的世界。

在曲折的谋生过程中，诗人发现，在由商业原则组织而成的城市里，生产和使用之间原本直接而亲密的连接被割断了。只剩下供需双方，站在一事一物的两端冷漠地对视。这逻辑，他很早就明白：不被需要的智慧等于愚蠢，不被需要的巧妙等于拙劣，不被需要的美丽等于丑陋，不被需要便不应存在。创造不再被看作创造，创造者的品格不再必要，创造的主体被市场取消。受灵感和良知驱策的人，比如诗人，因为无法适时改变，往往会有一段颠簸不堪的职业生涯。

对诗人来说，这是一则讽喻其个人的神话故事：他的衣兜里揣着一枚可以无限次使用的钱币，但始终只有一枚。这是神特别赠予他的私人财富，但也是神准许他拥有的全部财富。换句话说，他在尘世之中所做的一切努力均无助于财产的积累，或者说，他只能做到一种非共时的财产积累，无论在夺取利润的战役中取得多么辉煌的胜利，所有斩获一旦落袋，就萎缩成那唯一一枚钱币，那弃之不得的珍宝和诅咒。诗人之所以只能过流浪的生活，部分因为这是花费最少的选择，另一部分则是因为穷人的无根性：所谓家，就像一个包裹着人的气球，家底太轻是压不住的，只能由着它飘来荡去。

这可真是一个折磨人的玩笑，他的才能只为他赚来了取之不竭的贫穷：一个波西米亚人的钱袋子，一笔既微薄又丰厚的盘缠。

与流动的生活相适宜的，是一个流动的世界，由街道、公园、绿地、桥洞、偏僻的小巷、阴沟、对着酒馆后门的垃圾箱交织而成。在这个世界当中，诗人见闻颇丰，可以说，他目睹了作为有机体的城市从青春走向衰老的，隐秘的生命过程——城市的地面部分，建筑、道路、桥梁和经过规划的各类公共空间，只是坚硬的、实打实的骨骼，那些几近透明的肌肉和神经，那些会生长和腐败的东西，只能为少数人所见。诗人常常出没于那些肮脏又迷人的角落：那些被灯光遗忘的微型幽谷。在那里，他遇见了许多陌生人。未必是初次见面，有些人的面容甚至是铭刻在他记忆中的，但那是一种即使朝夕相处也无法化解的陌生，就像焐不暖的坚冰。或许他们的冷淡是一种生存策略：任何一种人际关系，对于这种轻若无物的生活来说，都是负担。

但，并不是说诗人的生活环境是波澜不惊的，非情绪化的。正好相反，他那些候鸟般的邻居多数是神经质的、歇斯底里的，会毫无理由地大喊大叫，像野狗一样号哭。但他们不说话，只是不说话，语言的功能，对于他们不仅多余，而且碍事。说话，意味着人们即将为了他们迫切需要却无法得到的尊重而相互伤害。这是些绝望的，在岩石上播种的农人，日以继夜地索取根本不可能的收成，在饱受挫折之后，常常会转向无理由的愤怒和无止境的堕落，直到穷途末路，在渎神的狂欢中自我毁灭。

诗人曾经见识过发疯的土地和天空，目睹地震和飓风将成千上万人抛进地狱的深渊，然而，在那些发生在街头巷尾的战斗中，此起彼伏的枪炮和呐喊也以同样的淫威碾碎人们的生活。肇因是一次党派之争、教派之争，或仅仅是一次意气用事的械斗。兄弟和姐妹，父亲和儿子，都在石头迷宫里玩一种以自己作为棋子的棋类游戏，按照铁与血的辩证法则，从活人的世界中剔除他人或被他人剔除。死神是个浮夸的艺术家，当他以战火来作画的时候，几乎全然没有动过留白的念头。喷泉、石碑、英雄和皇帝的雕像，都成了抵挡枪子儿的掩体；教堂、学校、画廊和博物馆，都被充作收殓尸体的空地。遍地瓦砾的城市就像一副被拆散、打乱的拼图，需要许多个年头，才会被凶手与死者的儿孙们重新拼凑完整。

他也曾见识过极具想象力的刑罚，把玩过那些比皇室的银器更为精致、比贵妇的首饰更为迷人的刑具，观赏过堪称绝妙的制造疼痛的艺术，聆听过以血肉之躯弹奏的令人费解和毛骨悚然的乐曲，但这些都不如游街和公开处死犯人更让他感到震惊。在这幕景象中包含着极端的悖谬与极致的戏剧张力：当已被视为非人的死刑犯，作为没牙的猛兽、移动的展品、起威吓和警示作用的道具，缩在囚笼里或是靠在刑柱上，穿过这场盛大的死亡庆典的中心，夹道欢送他的看客们，也就是说，那些平日里安贫乐贱的贩夫走卒，个个都从顺民变成了暴君。善欲惩戒恶，必得成就更大的恶。粪水、垃圾、碎石头、臭鸡蛋，都做了助兴的烟花；咆哮、哄笑、幸灾乐祸的欢呼、咬牙切齿的诅咒，都成了魔鬼的喝彩。这些专门供人唾弃的反面明星，因为备受羞辱而恢复了为人的资格——其他在场者却因为对其施以羞辱而失去了它——还被富有象征意味的、典范的受难程序赋予了神圣性，戴上了荆棘编成的桂冠。

战士和囚徒都是不说话的。在握住刀枪、举起旗帜之前，所有的对话都已无疾而终。所以，诗人想，在这座战场、刑场和剧场之中，怎么可能有"他人的尊重"这种东西存在？即使他大声地宣布自己是世间的第一个人，是所有人的祖宗，也没有谁会因此而肃然起敬，对于人们来说，这仅仅意味着他的父亲是最后一只猴子。与膜拜他相比，他们更乐意解剖他。

酒酣耳热之际，整个空间溢满了醉意。诗人的嘴唇早已干了，却劝不住自己蒙眬的双眼，只能由着它们继续痛饮昏黄的、随着呼吸波动的灯光。他听到自己的心跳声距离自己渐渐遥远，觉得既诡异又好笑。有个看不见的窃贼偷走了他，把他塞进了夜晚的黑色天鹅绒马车，车内温暖舒适，还有一种诱人堕落的，苹果发酵后的香气。一种妙不可言的颠簸之感从周身上下各个方位同时传来：他发现自己正和万物一起摇晃，整个世界松动了、融化了，在周遭微微荡漾。只有摇篮中的婴儿才懂得这种秘密的快乐。他低下头偷偷地笑，小心翼翼，怕打扰那些只在黑暗中活动的、害羞的事物：远处的群山刚刚轻轻翻了个身，发出纤细悠长的鼾声；松树把根从土地里拔出来，蹑手蹑脚地四处走动；那些只在夜幕之上留有模糊剪影的小屋全都苏醒过来，交头接耳地说起了悄悄话。一切既美丽又滑稽。但眼前这些醉鬼，这些糊涂虫，竟然都对此懵然无觉。诗人感到惆怅，并像多数惆怅的人一样，对身边的人与事感到陌生，转而去遥不可及的天空寻找可以亲近的东西。他抬起头，看到穹顶的群星正平静地燃烧，大大小小的星座被无数条不存在的线串在一起，形成了一根具有无限分支的水晶麦穗，银河像一条珠光宝气的纱裙，耀眼而又脆弱。

诗人的酒友还在一边滔滔不绝，话题涉及一些重大但无用的命题，观点偏颇，语句造作。他说，理性才是疯狂的，哲学家是最接近疯子的正常人；他说，是羞耻使人获得并保持良知，因此，只在那些自觉受到侮辱的人身上才有可能产生道德；他还说，面目不清的正义比邪恶更为有害。

　　正义既在正确的言行，也在错误的言行中显现出来，但绝对与那些回避判断的言行无关。正义的前提是契约，在过去，是与神的契约，在当下，则是与自我的契约。条款始终保持原样：仅代表自己行事，并对自己的言行全权负责。

　　他力图赋予乏善可陈的情史以奇崛的风格，将那些俗不可耐的市井女人描绘得风情万种，将亲密关系中的挫败归因于爱情本身的荒谬。他说，人一半是兽一半是神[①]，爱情则一半自然一半人造。对于野兽而言，最为重要的本能便是恐惧。恐惧是求存的第一原则，时刻在无助的生灵耳边呼喊，提醒它们远离天敌和防不胜防的灾难。人已经淡忘了这种本能，但兽性终究未能褪尽，仍留有风洞般的虚空，时时吹送些野蛮的丛林气息，遇上神赐的禀赋——语言，便在阐释与遐想中凝结，生出了爱情的云雾和雨露。因此，人们害怕自己所爱的对象，或者说，人们只能爱上自己害怕的人。"拿我来说

———————————

[①] "亚里士多德早就说过：不需要任何人的人，或者是拥有一切的神，或者是野兽。"（转引舍斯托夫著作《在约伯的天平上》）然而，神究竟系由人造，"不需要任何人的人"仍至少需要一个人，即他自己。因此，可以做出一个具有普遍性的推论：人是一种混合物，半神半兽，半是工匠，半是他永远不可能完成的作品；人的生活，即是在天然地被给予的"兽性"中进行"神性"的创造。

吧，"说书人眯着眼睛看了看从一侧经过的老板娘，说道，"我爱那些做买卖的女人，她们刻薄的、开过刃的嘴巴简直就是我的噩梦……对我来说，越泼辣就越迷人，越可怕就越可爱。"诗人表示同意，附和说，只有勇猛无畏的人才敢于追求真正的爱情，才敢于战栗着拥抱将如火焰般毁灭他的情人。

如若"他人即地狱"，作为"他人"行列中最为炽热的部分，恋人便是地狱的烈火。

夜退昼涨，做梦的人要醒了，醒着的人开始做梦。诗人沉默良久，看着语言的舟楫渐渐漂远，翻过了泛白的地平线；垂着脑袋，以他的疲倦——只有在恒常中体认无常的人才懂得这种浸透骨髓的疲倦——拖延着酒意消散之后那哀伤的时刻。曙色如霜，灯一盏盏熄灭了，像勉力开放了一夜的昙花。

说书人突然苦笑着说："你终于还是认出我了……即使我有了一张脸，一副遮挡黑暗的面具……你活得太久了，久到能让一道影子进化成人……"

话到此处，他犹豫了片刻，接着抬高了声调，继续说道："曾经，我只有一个变幻的轮廓；如今，我是一个丰满的人、一个立体的人……我不能再依附于任何人，不能再扭曲自己，以贴合墙角、洼地和任何一种崎岖的地形……其实，我是来同你道别的，我必须走了。"

诗人没有搭腔。此后，只有潮汐般此起彼伏的呼吸，在他们之间来回传递。

黎明时分，同说书人道别之后，丢失了影子的诗人悄然回到马戏团的彩色帐篷里。过了片刻，便拎着他的旧行李箱，从腹语者和预言家的铺位之间穿过，蹭了蹭女灵媒和缩骨师的枕边，迈过走钢丝的演员和耍飞刀的演员交缠在一起的手臂，蹑手蹑脚地走到门外，然后独自一个向早已离弃他，或早已被他离弃的城市走去。和着他的脚步，猴子磨牙，狗熊打鼾，拔过牙的毒蛇嘶嘶地吐着信子。迷惘的诗人恍恍惚惚地走着，一路上，早起的农人发出断断续续的咳声，青蛙像一些饿坏的孩子在有气无力地叫唤，水井辘轳仿佛上一个时代的车轮在吃力地转动，一切声音都很遥远。天亮了。诗人顿了顿脚步，仰起脸，看着从身后飘来的最后一缕炊烟缓缓散去。他没敢回头，害怕发现这座乡村在自己还没走出村口之前就已变成一座废墟，一片遗迹。

流浪的生活已无法持续，但定居下来又谈何容易。信鸽之所以迷路，是由于健忘，不是忘记了家的所在，而是忘记了家的概念。诗人也是如此，在不断被涂改的大地上盘旋，寻找着令他无比困惑的，遗失了定义的事物。他有时竭力躲避人群，有时却急切地想加入他们。

他有时依赖孤独，有时又害怕孤独，但孤独不能呼之即来，挥之即去。在人群内外，他都孤独：完整的孤独或破碎的孤独。

孤独，是存在的自我指认，是旷日持久的秘密抗争：一个无名的形象缓慢地挣脱灰暗的底片，令自身浮现出来。最终，能够容纳他的，只有那些足够耐心的场所，那些和他一样，在自己内部塞满、压紧了时间的场所。

诗人曾在一所公墓附近居住。就某种意义而言，那里远离人群，就另一种意义而言，那里靠近一个拥挤、庞大的人群，一个被碾磨成沙的人群。在那里，他获得了久违的安宁——坟墓就是人们的应许之地，也许对不死的人也是如此。后来，他又在城市的心腹地带找到了一个或许于他更为适宜的居所，这里毗邻一座僻静的图书馆。那些常年窝在战壕里的士兵，习惯了将隆隆炮声当成自己的摇篮曲，与之类似，在书面语言的包围中，诗人享受着一种不受字词滋扰的深眠。

说起来，他的这两个安身之所有太多相似之处。书与坟都是人的延续，都具有档案性质，是身与灵的二分法在物质世界的具体呈现：人被扒成两半，一半誊在纸上，一半埋进土里；与坟墓一样，书本也在等待人的死亡：对于一本书而言，活着的作者是个巨大的风险，只有当他死去，它才得以完满自在；书堆如同层层叠叠的页岩，坟墓则像一座座小小的火山——二者都提醒诗人留心逝者的潜力——置身其间，他感受到时间的另一种坚硬的样态，完全不同于它惯于示人的那种流动不息的形象。

这个近不得人又离不开人的人，在人演变为非人，实现为非人的地方安顿下来。每个夜晚，在与他隔着几堵墙壁的昏暗的书架上，那些古老的羊皮卷，那些以密密匝匝的丝线扎紧捆牢的线装书，那些书脊以金粉烫印书名的、贵气的精装书，那些封面给人压上滑腻的塑膜的、轻浮的平装书，那些四开本、八开本、十六开本、三十二开本、六十四开本、泛黄的、洁白的、落满灰尘的、布满指纹的、手写的、胶版印刷的、数字印刷的书，纷纷挣扎着从左右贴邻的夹缝挤出，舒展躯体，像苏醒的远古蝴蝶化石，在梦的宫殿里翩翩飞舞。那些诗人以他的每一个名字——包括佚名——写下的每一个句子，一条接着一条，被从纷纭杂沓的翅膀上抖落下来，一齐簇拥着扑向他，相互争吵、彼此撕咬，抢夺着他的额头。它们都想独占他，想为他盖棺定论，想成为他的墓志铭。诗人不再写作了，他只聆听它们，借它们的攻势掘入自己的耳蜗深处，从中挖出最初与最后的寂静。

十四 终结

一连几夜，他做了同一个梦。

梦里，暴风雪刚刚过去。在极简的白色中，城市失去了所有具象性，成了一处精神空间，一个效仿"空"的场所，一个专供向绝对的事物致敬的仪式性场所。道路覆着一层冰，沿途的门窗堆满沉默：冰的声音形式。沉默的规模已经超过所有建筑，成为城市的本体。一个山谷般的院落，一个被孤寂锁住的空间，一名园丁在修剪一株扁柏。剪刀——一定程度上，工具象征了职业的尊严——像巨大的鸟喙，慢吞吞地，低效地，偶尔发出几声脆响。一座载满文字的方舟，驶入一个新型的、沉静的、没有风浪的末日。真理，在西伯利亚的白色蝗灾中凋谢。呼唤新生的鸟鸣没有，且永远不会唱响。那些美妙的内容，那些曾在人的灵性中流动的晶莹之物，被包围着它们的石头同化，变得笨重而又多余。世间的最后一座图书馆，凝结为一座哑默的山峦。

"现在的人啊，嘴上说个没完，内心却不发一言。新时代的亚历山大图书馆没有毁于大火，而是毁于思想的沉默。"在一个从不下雪，也没有冬季的城市，诗人不出声地自言自语。

夏日炎炎，蝉鸣声声。他上身赤裸，坐在窗前想象着一切，皮肉被汗水蜇伤，精神深处却涌出一阵刻骨的寒意。这是一栋陈旧得近乎废墟的六层住宅，就像一个陷在躺椅里的，随时都可能彻底垮掉的老人，被周遭那些高大光鲜的后辈包围着，看上去极为颓丧、极为可悲。不再写诗的诗人，在五楼的一个幽暗的小套间里，面对镜子，凝视着自己脸上不断滋长的胡须和倦意。

一天之前，他接到了最后通牒。一个男人——他不记得他的模样，此人没有面目特征，只以一身制服亮明身份——前来拜访他，发给他一纸通告，勒令他在二十四小时之内搬离。起初，诗人满以为自己可以坦然面对这位制服先生，但很快，他居然开始感到羞愧。没理由啊，这也太不可思议了！从这人脸上射出一道强大的、谴责一切的目光，轻而易举地刺穿了诗人一向坚信，并打算永远恪守的逻辑与真理。只有那种身居要职的人才会专门锻造这种非自然的、有悖于常识的利器，一个普通的办事员很难与之相匹。不，这个人不可能只是他自己。

"不管怎么说，我一直住在这里……我就是这房子的主人。"诗人表示反对。不承想，原本理直气壮的抗议，一说出口，却变成了有气无力的抱怨。

"您连个名字都没有，等于说，在法律的意义上，您不存在。"男人微笑着回答，彬彬有礼，同时又充满恶意。

我们以为自己住在一栋房子里，其实，我们首先住在一个名字里。人们囚禁自己的办法实在太绝了：走出一栋房子很容易，走出一个世界也并不难，可如果被封闭在一个名字里，走出去的机会就十分渺茫了。从襁褓到棺材，在被名字困住的人中，鲜有生还者。

尽管难免委屈，但对于他来说，这算不上一个艰难的抉择。这已经不是头一回了，对于流浪的生活，诗人可谓是轻车熟路了。一个手提行李箱，足够将所有他需要的和珍视的东西都装在里面。他要离开了，而且什么都不打算带走，除了他的箱子和他的记忆。他的记忆并不太多——其实是少得可怜，它们多数都夹在那些蝉蜕的名字里，一并被他遗落了。

记忆也是一种写作，他想。没有名字的诗人不写作。他拒绝被书写，也放弃了书写。但他仍然得做梦。

睡着以后，他既是又不是自己，既被看不见的丝线操纵着，又是自动自发地挥舞手臂，在黑甜之境奋笔疾书，同时打破了两条禁忌。

昨晚，诗人的梦终于有了新的进展。梦里，他独自攀爬面前那座洁白的山，一边小心翼翼迈动双腿，一边低头看着被封在冰底的残垣断壁、东倒西歪的书架，以及那些被冻结的书——像在结冰前的一瞬奋力跃向水面的鱼，暴露着最后一次挣扎时翻到的页码。那是一个明朗的夜，天体清洁的光辉从高处倾泻下来，将大部分黑暗冲进了山下的阴影之中。诗人看着脚下，边走边读，径直来到了半山腰。他感到疲惫，想歇歇脚，刚一抬头，便被眼前的景象震惊了。视线所及之处，尽是一样的山头，高低起伏、绵延不绝，仿佛一片凝固的海。月光随地势翻涌着、泼洒着，在雪白的浪头上，耸峙着一座座肃穆的，仿佛正在沉思的孤峰。站在峰顶的灵魂弯腰俯首，以冷厉的目光逼视他。他们的影子比山更高大，和夜晚肩并着肩。诗人转过身，朝山下望去——什么声音从那边传来，好像有人站在很远的地方对他说话，但听不真切。他这才发现，不知何时，来路已被浓重的雾气遮蔽。那些他曾经踩过的台阶，曾经歇脚的冰岩，都零落在一片健忘的氤氲之中，像一个个褪色的岛屿。走过的一切都已变得陌生，仿佛他的足迹一直在被改写。

从下往上，零乱的脚步声夹杂着一种奇怪的、富有节奏的敲击声，在渐渐向他靠近：一行人排成一列，正经由山中唯一的一条步道向上攀登。站在诗人的位置，能够看到他们的头颅在乳白色的云雾中时隐时现，像一串黑色的念珠，一颗接着一颗，被台阶拨打着，逐级传递上来。伴着粗重的呼吸声，他们在目不见物的浓雾中凿出了一条隧道，水汽像一匹湿润的丝绒，擦亮了他们幽暗的额头：第一个人的面孔已然依稀可辨。诗人定睛一看，再次吃了一惊：在那人额下，只有两个灰白的点，没有一丝灵动的光，仿佛镶着两颗冰冷的石头：他居然是一个盲人。

怎样一支荒谬的队伍才会选择失明的人作为向导？莫非他们都不愿意相信自己或他人的眼睛？难道他们竟认定凡亲眼所见必不为真？

说话间，这蹒跚跋涉的一群已经来到了近前。领路人的脚步一停，跟在后面的其余人等立即拥上来，七嘴八舌地冲着诗人讲个没完。梦中的诗人早有准备，应对从容，做梦的诗人却措手不及，惶惑不已。一个他微笑着，静静地望着这群久违的老友。他们的脸被词语牵动着，做出金鱼吞吐水泡的动作，手和脚则因为意义的过剩而不停比画着——他什么也没有听见，却以非语言的方式，完整而彻底地理解了他们。另一个他却焦躁不安。这些陌生人的过分热络困扰着他，他们口沫横飞地凑近他，对着他的耳朵大喊大叫，发了好一通吵闹，却根本不成词句，全部都是毫无意义的聒噪。

作为一位语言的通灵者，诗人能以火焰般的理智将每一种不同的语言熔于一炉，淬炼出一种忠于一切语言，又逾越一切语言的交流工具。他能听懂所有人说的话，也能让所有人听懂自己说的话，他一向为此深感骄傲。但是，就在这个梦的中段，他开始怀疑这种得天独厚的异能是否只是一个荒唐的错觉。语言的崩解远未终止，他突然觉得，自己明显低估了其粉碎的程度：思想的大陆已经全面沙化了。如今，即使在同一个社群之中，即使在表面上操着同一样语言，带有同一种乡音的人之间，真正的交流也是不可实现的；即使人们面对着面，毫无保留地、呕吐般地将自己倾倒给对方，也是无济于事的；即使他们并不缺乏真诚的意愿，即使说的人和听的人都无比认真，彼此都为了理解与被理解努力着……无奈在任何一句话中都存在着无法弥合的裂隙，一切词语均非完璧，一旦脱口而出，便将在舌与耳之间被撕开，像一匹被劈成两爿的烈马，在两条相距甚远的道路上狂奔，哪怕拼尽全力向对方靠近，终究也还是南辕北辙。

巴别塔与不周山的倒塌是一个永不完结的过程。一种固守立场的、钉子般的意志，瓦解了语言的公共性。人们根本无法对话，每个人只能使用自己私属的语言。说出的与听到的是同一个声音，但表达的和理解的却是截然不同的两种含义。就连人们的争执也是一种假象，往往只像是两个击剑选手，以舞蹈般的动作前后跳跃，挥舞着手中的佩剑，不遗余力地朝着对方劈刺，看似激烈非常，但每一回都落了空，从未实现过真正的交锋。言说已经成为一种原罪，人们以误解相互惩罚。更为可悲的是，与寻求对话相比，执意孤独同样不可取：当一个人尝试对自己说话，他便将与自己决裂了。

就在诗人快要被这场失效的"词雨"淹没的时候，领头的那位盲人说话了。

"这是我们的第三次相遇，也是最后一次了。"他说，"不是在山顶，也不是在山脚，而是在半山腰告别，这实在很特殊。无论如何，你已经违背了那条古老的忠告：千万别回头……别再向高处攀登了，快下山去吧。"

梦中的诗人毫不费力便领会了隐藏在话中的深意，几乎获得了一种醍醐灌顶式的顿悟，立刻洞彻了自己现时的和未来的处境。问题只在于，现时和未来俱在梦中。诗人就像一个以后仰的姿势，背身跳进时间深渊的人，眼中只有飞速流逝的过去。不要，为什么我必须醒来？诗人闭上眼睛，在失重的虚无感中发出呻吟。但敲门声骤然响起，将他拽回单层次、单向度的日常之中。抹掉额角和颈上的汗，他拎起搭在椅背上的衬衫，边走边套在身上。

门外站着一个身着黑衣黑裤，似乎对高温完全免疫的年轻人，面带微笑，递过来一只手："您好，我是这里的新业主，几天前刚刚买下这套房子……"见诗人并无任何表示，只好将手放下，保持笑容，继续说道，"冒昧了。我来找您，因为我忍不住……我急切地想和房子的前主人见上一面……您大概觉得难以理解……我对您有一种亲切感，毕竟您曾在，而我将在这里生活。我们在同一个空间当中呼吸走动，以错时相交的方式，与对方建立了一种亲密无间的关系……从某种意义来讲，我们是兄弟……是同一个子宫的两任帝王……我可以进来吗？"不待诗人答话，这个篡位者便侧过身体从门边挤了进去，自己在房间里找了一把椅子坐了下来。

"您有些拘束……看来我真是个不速之客……不过，我正打算尽力博取您的好感，在我看来，这是我的义务。这样吧……先来做个自我介绍吧……我平时写点东西……也就是说，我是个作家。不瞒您说，我在这方面挺有才能，也挺有名气，足够让我以此为生……您呢？我是说，您对文学有了解吗？您又是做什么的呢？"

诗人仍旧站在门前，沉默了好一会儿，才转身走回屋内，边走边说："我还能做什么呢？我呼吸。"

"啊，您不愿放松戒备……我理解，我理解……不如，我来谈谈我的专业吧……既然您不说话……我只好找一个在自己看来最具乐趣的话题……当然啦，如果您觉得不以为然，尽可以打断我……

"当我说起文学的时候，指的既是一套理论，又是一门手艺……文学是一种特殊的学问，不提倡继承，只鼓励忘却和背叛……这套理论认为，因袭传统是一种食尸癖，对先辈大师们无条件的尊奉反而是一种大不敬……不负责任的赞美，不加节制的谄媚，对于那些已故的文学家来说，是极为残忍的剥削……后进们这么做，只是为了扒光他们的荣誉，再把赤身裸体的他们丢进无人拜祭的坟地……

"从技艺的角度，或者方法论的角度来看，情况就不同了……文学技艺的要旨恰恰在于全情投入地学习那些被唾弃、被嘲讽、被反对的老古董。当然啦，虽说你一直从他们那里偷东西，但你不能承认……你得精于粉饰之道，要时时翻新它们、改装它们——千万小心，别露出马脚，盗墓者会被打进地狱……然后，用最大的音量宣示你的独创性，宣称你自己为无因之果，或最多只有一个反面的因。拿我来说吧……我写那些早就被人写过的故事，但假装它们是新的。我把时间、地点，还有人物的姓名统统从作品中抹去，省得过于好事的读者——我的敌人——追根究底……即使偶尔提及一两个人名，引用一两句古语，那也只用在无关紧要的细枝末节上……或者干脆就是为了混淆视听——有时，你得刻意叫人摸不着头脑，这是一个文学家的自我保护。"

诗人不置可否地听着，眼睛盯着泛出青光的白色地砖。天色渐渐转暗，房间像一艘缓缓沉入夜晚的潜艇。沙发、书桌、镜子，还有面前这个滔滔不绝的陌生人……一切仿佛都在一瞬之间向自身以内塌陷，一齐失去了丰满和鲜活。诗人心底突然生出一种穴居人在傍晚时才有的倦意。他的家，这个他住了几十年的地方，在他的眼中，已经化作一片遗迹，变成了一块封存旧日生活的琥珀。其实一向都是如此，只是他直到此刻才发现而已：就像早于天空的星，先于海水的鱼，他超前于他的生活，超前很多，以至于等不及生活赶上他，就先自枯竭了。

年轻的客人好奇地看着即将交出钥匙——家庭的

权杖——的主人，嘴上仍继续着奇谈怪论，眼神中却有一种语气里所没有的期盼，甚至是哀求的神情。诗人只是低着头，不动、不摇、不回应，让人怀疑他是否真的还在这里，还在他自己的身体里。但是，房间里一旦安静下来，就能听见他的胸口正发出一种奇怪的声音，一种介于咆哮与呢喃之间的声音，一种遭到极力抑制的宣泄，像被铁链锁住的瀑布。突然，他笑了——起初只是一种漏气般的轻声嗤笑，后来却越来越响亮，越来越疯狂——一直笑到筋疲力尽为止。"我认出你了，"冷静下来之后，诗人终于说道，"你是我的影子，多年以前弃我而去的那道影子。"

影子也笑了，一直紧绷的身体松弛了下来，向后一靠，整个人瘫坐在椅子里。仿佛这种相认的方式，是他设想了很久，也排演了很久的，所以才会在实现的片刻给予他莫大的满足。"我离弃你了吗？也许吧。"他说，口气既有些轻佻，又略显落寞，"但我并没有摆脱你……我思考，我写作，我抒情，我给自己取了一个名字，我忧伤，我愤怒，我幻想，我狠狠地和世界切磋了几个回合，我……嗯……坦白说，我只希望我不是我……我一直想要成为你。"

诗人摇摇头，并未作答。站起身，走到墙边，扶起行李箱，拖着拉杆向门口走去。在开门的时候才顿住脚步，稍稍思索了片刻，说道："时候到了，我必须向你道别了。从现在开始，这里的一切都属于你了。"一边说着，一边漫不经心地扫视了一圈。目光掠过镜子的时候，诗人与自己的镜像对视了一个瞬间，被某种极为细微，又极为锐利的征象刺了一下。他愣住了，转回头，又多看了一眼，仍旧没能辨认出什么，只获得了一个闪烁不定、纤毫如尘的印象，如同在黎明时分，借着短暂的天启，感应到远方郊野中一根草尖上的露水。然而，那种难以理喻的痛感又加深了一分。

"还有一个问题。如果你可怜我，愿意挽救我，那就请回答我。"影子问道，"为什么不写了？既然你只能作为诗人，接受他人赠予的名字……既然写作就是你存在的方式……"

"好，我回答你。"诗人仍旧握着门的把手，头也不回，仿佛在和门外的人说话，仿佛想用黑暗的走廊代替胸腔，以便发出空旷的声音，"我不写了，只是因为我太固执了……也许，你可以称我为原教旨主义者……我曾亲眼见证，诗歌因赞颂而生……这得从两个方面来看：第一，人有了赞颂的需要；第二，人发现了值得赞颂的事物……诗人吟唱，歌颂英雄，歌颂神灵，歌颂爱人。在这忘情的歌颂中，他以自己并不具有的高贵，给了人们一种从日常的泥潭中拔升自我的力量……

这力量微不足道，但又至关重要……这力量其实只是……一个名义而已。只有一个名义，你什么也做不到，但有时候，得到一个名义就等于得到了一切……而现在，诗的根基已经腐坏了。我没有赞颂的需要，也找不到值得赞颂的事物……我看不见英雄，不相信神灵，也不爱任何人……我怎么写呢？写什么呢？"

话到此处，停顿了相当长的一段时间，诗人似乎陷入了沉思，但影子却还摆出倾听的样子，仿佛把这静默也当成了言说的一部分。"不！"诗人加重了语气，接着说道，"我还没有放弃，没有放弃……只是不愿在已经朽败的死树上悬挂伪造的果实，我在等待种子，等待嫩绿的幼苗从土壤中钻出……一种新的写作有待被发明……它将产生于一种没有对象的爱情，一种没有神的信仰，一种没有英雄的英雄主义……"

他将脚踏出门外，转过身，最后朝屋里看了一眼。天黑了，影子已经完全被夜晚吞没，像一滴水消失在一口幽暗的井中。诗人轻轻地关上房门，离开了。

他来到街上，贴着路边的店铺门面行走，远远地避开兽群般的车流。在烟酒百货、酒吧和情趣用品商店的招牌里，彩灯闪烁，变幻出各种粗糙但让人兴奋的图案，像一颗颗遭到天空放逐，而后被人圈养的星辰；玻璃橱窗里的塑料模特身材修长、面带似笑非笑的亲切表情，不偏不倚地注目着每一个经过的人，它们是一百万个被遗落在人间的天使，是所有无家可归者的情人；街边的饭店，无论大小，都构成了世界的模型：前一半温暖而透明，后一半诡秘而凄清。前部是清洁明亮的大厅，洋溢着欢快的气氛，人们都在大笑，尽管其中一些笑得勉强、几近狰狞；后部则是暗影幢幢的厨房，有着刑场般的纪律，禁止外人入内，只从门缝里逸出阵阵蒸腾的烟雾：水珠、尘埃，混合着大象的幽灵。

诗人走着，走在一个比真实更加真实的幻觉中，走在一个早已取代了其真身的海市蜃楼里。路灯像长在枝头的鱼，一个接着一个，安静而缓慢地从他的头顶游过。三五成群的人，苍白而疲惫，从地铁站的出口处冒出来，如同泉眼干枯前涌出的最后一股泉水，被一种疲软的、厌世的力量轻轻地推上地面，如同一群牧归的、直立行走的羊群，用布满血丝的眼睛哀怜地寻找着失踪的主人。诗人认出了他们之中的每一个：认出了挎着公文包的英雄；认出了面容憔悴的木桶哲学家；认出了仅仅站在鞋跟之上，便会因恐高而眩晕的名妓；认出了未老先衰的皇帝和妃子；认出了对一切充满戒惧的王子；认出了被生活彻底击败的海神；认出了船长、猎手和宴会上的女孩——现如今，他们是坏脾气的出租车司机和一对搭车的情侣。

　　在一个街角，诗人的脚步突然顿住了——他以眼角的余光瞥见了一个与他交错而过的女人。在她娇小的背影中，有某种与日月的光辉，与四处迁徙的风，与地壳底层同样原始的东西，似乎激发了他追逐的本能。他调转方向，失魂落魄地尾随着她，跌跌撞撞，毫无理由地哭出了声，胸中充溢着古老的激情，仿佛在做一个没有语言、只有喘息的蛮荒之梦。女人终于察觉了，停下脚步，转过身来，诗人也随之站住，不再向她逼近。两个人远远地对视着。只一眼，他们就认出了彼此。汹涌的回忆在他们之间奔流而过。那一瞬的恍惚，仿佛将他们拽回了那个无比遥远的、开启一切的夜晚，痛苦的快感，充斥着血腥味的爱情，从沉睡中被唤醒，在心底无声地尖叫。

　　诗人的眼前蒙上了一层迷雾。

　　不久，远处那个模糊的身影转回头，重又开始前进，他却没有继续跟随，而是眼睁睁地看着他的第一个女人再次离他而去。没有缅怀，没有悲哀，只有健忘的人总也免不了的失落。紧接着，诗人发现自己竟然抵达了城市的边缘，而他本以为城市已经变成了一个无穷无尽的物体，一个比世界还要大的物体。现在，他就站在这条界线上，界线以内是建筑、灯光、车辆、棋盘一样的道路、人造物的海洋，界线以外是起伏不平的旷野、郊狼和夜鸟的嗥叫，以及一片包罗万象的黑暗。诗人觉得，城里的生活，在城外那些躲在黑暗中的人看来，一定就像一场电影。而只要再向前迈一步，他就将成为一个从电影里走出去的人。

这时，他突然想起了一个关键的细节——他想起了离家之前，自己在镜子里看见的东西：一根生在他头顶的白发。有生以来，诗人第一次感受到衰老的滋味，对于他，这是前所未有的安慰。

十五 写在时间之外

　　我早已意识到自己的败局，但只有在结尾的时候，或者说，只有在无可挽回的时候，才能坦然面对。就像一个伤痕累累的拳手，随着最后一声铃响虚脱、倒下：他的崩溃，对每一块肌肉都不失为一次赦免。

　　此刻，夜已很深，我靠着竖起的枕头，听着只有深夜才可能出现的响动，听着这个至暗时刻赠予失败者的天启：霜花攀爬玻璃的咯咯脆响；蛾蝇扑打翅膀的嗒嗒声；水管共振的啸音；若有若无的电流声；从屋顶上和墙壁中传出的难以理喻的怪响：挪移重物、滚动弹珠和坚果碎裂的声音；飘忽不定的、仿佛来自另一年代的汽笛声；远处，夜惊的孩子像狼崽一样号哭；近旁，床头的板材在身体的重压下呻吟；另外，还有饥饿的演奏——肠胃富于韵律的抽泣。

我终于能够对自己承认：一切毫无意义。

我还在写——郑重其事，如同为符号举行祭祀。可是，我都写了些什么啊？所有的道德都是偏见，所有的真理都是诡辩，所有的风景都是泡影，所有的诗意都是疯狗的抒情。我一严肃就轻浮，一正经就滑稽；我不厌其烦地写着悲剧，却把自己写成了一个喜剧。我害怕这些词，我害怕每一个词。这些饲料般的词，这些蜜糖般的词，这些毒药般的词，这些春药般的词，它们养了我，它们也害了我。

"同情"就像天鹅的脖子，是一个动人却傲慢的姿态。我憎恨这个词所暗示的等级逻辑：自认有同情的资格，便是自诩强者、智者，或至少是较为幸运的那一个。那么"真诚"呢？当我如此迫切地呼唤真诚的时候，它便已近乎虚伪。还有"死亡"，这颗握在"神秘"手中的烫手山芋……既然死亡的知识不可能传递，既然一切死亡的经验都为死者独享，那这个词的存在岂不多余？

我不介意，甚至很乐意宣布，我为自己写下的一切感到羞愧。怕只怕这羞愧一旦带给我一份超脱、一份自得，马上就成了一项卑鄙的荣誉……

我的写作不能触及任何本质，不能揭示任何问题，不能给任何人以温暖和抚慰，产生不了任何效力。但，无论如何，我还得写。我只有一条生命，只要我醒着，它就在语言中流动，我毕竟不能像常年昏睡的萨满，将万物的灵魂储存在梦中。另外，还有一个更为直接的近因：我已经很久没有出门了，不写，便无事可做。

前段日子，在还能到处闲逛的时候，我发现，如今街上只剩下两种活物：眼睛和盲人。注意啊，不是一半有视力的人和一半没有视力的人，而是所有的眼睛和所有没有眼睛的人。

每回上街，从两排千篇一律的灰色建筑中间走过，就像从两排神情僵硬、呆滞的面具中间走过。这些庞大的现代主义脸谱被各种孔雀翎毛般的饰物缠绕着，散发着一种令人恶心的魅力，目光一旦遭它们诱捕，就很难摆脱。况且，我怀疑自己是否还能放射真正的目光：鹰的目光，鹿的目光……哪怕是老鼠的目光，或蜥蜴的目光呢？总之，那种从肉身到肉身的目光，我早就弃之不用了。我已经习惯使用一种简省的、抽象的、数字化的目光，即使在拥挤的街头，也看不见一个完整的、活生生的人。

然而，那天有些不一样。或许是一场头脑中的剧变，一阵灾难性的忧郁复原了我的感官，我一边打着哆嗦，一边左顾右盼。我觉得自己不幸福，我想好好看看那些幸福的人。可是，天啊……真叫人毛骨悚然！我发现，在人们脸上没有任何灵动的、有光彩的东西，只有血淋淋的窟窿，只有一个个小小的深渊。他们明明什么都看不见，却还在嬉闹，还在对话，面朝对方，用空无所有的眼窝嗑住对方，假装彼此凝视。他们欢笑着。但他们的脸被一种他们并不知晓的痛苦扭曲成狰狞的怪相，时不时地还会抽搐几下。

我吓得不轻，内心像受惊的羚羊一般上蹿下跳，表面上却竭尽所能做出镇定自若的样子，奔着家的方向快步走去。奇怪的是，我似乎根本没有遇上一个拐角、一条岔道。裹尸布似的街道一匝又一匝地缠绕着被千万高楼凌迟的城市，就像一条命运的履带，引着我一直向前，顺着脓水泛滥的阴沟，不时经过几块包不严、裹不紧，以致裸露在外的、业已溃烂的土地，一直来到像软体动物一样蠕动着的、血肉模糊的边缘地带。那里地势开阔，只有几丛汗毛般的灌木。我这才头一回看到了那个君临一切的东西：那只高悬在空中的、骇人的手。一具由金属拼接而成的鸟类僵尸——一架波音客机——从一条指缝中穿过，更映衬出它无与伦比的庞大。

我完全愣住了，差一点便昏厥过去，许久以后才注意到，这只巨掌的掌心仿佛镀了一层银粉，或是沾满了一种荧光闪烁的颗粒，仔细一瞧，还能看到掌下悬着一缕亮晶晶的、若隐若现的游丝。我掉过头朝回走，跌跌撞撞地，又一次进入了熙攘的市区，之后——不知算是大幸抑或大不幸——在极为偶然的情况下撞破了真相。

在一个陌生的街角，我遇见了一群天真的孩子。他们正在玩一种没有规则的集体游戏，相互追逐着，像蜂群一样掠过人行道旁的绿地。在擦肩而过的时候，我看到许多纯净如黑曜石般的眼球刚刚挣脱他们的眼眶，正飞离那些兴奋的、粉红色的脸蛋，悄无声息地向上飘升，三三两两，在半空中汇聚成一股细流，又在更高的地方与其余的细流交混，融为一条浩荡的河，朝着乌云般笼罩着城市的肌肉飞地奔流而去，钻进形似淡紫色闪电的静脉丛林，最后，消失在无数同一模样的光点之中。

我垂下脑袋，不敢再抬起来，一边跑一边喊："我懂了……我懂了……这就是我们的天空……这就是我们的星辰……"没有人理我，没有人因此收敛惬意的笑容。

那天之后，为了避开那只查看一切，并且随时准备攥住一切的大手，我再也没有出门——为了保住眼睛，我愿牺牲所有，即便它们除了流泪再无其他用途。我通过网络采购生活必需品，叫送货员将货物放在门口，然后自行离开，此外，便不再与任何人进行任何形式的接触。我在床上躺着，或在桌边坐着，不听音乐，不读书，只呼吸，只存在。我取缔了一切或然，从而让唯一的必然凸显出来：无论如何，我无法抹除语言。

我曾想象自己是一位洞穴里的先知，以一柄意志的铁锤，以无坚不摧的信念，一寸一寸地瓦解层出不穷的思想。我试图拆散句子，剁碎词汇，扰乱字群的秩序，将整齐排列的矩阵搅成一团乱麻，但这摊象形符号的瓦砾拥有一种压倒一切的生命力，像一个不死的妖魔，在转瞬之间便恢复原状。我躺着，一动不动，给蜂拥而至的词语逐个安上不属于它们的词义，但它们总会以极为巧妙的方式重组，不但保住了原有的意义，还促成了意义的增殖与淬炼，使之更为丰富、更为耀眼。我搜罗了一堆天城体梵文、俄文字母、希腊文字母、希伯来字母或天知道从何而来的古怪文字，胡乱编排在一起，然后随便搭配一些似是而非的读音，大声地诵读，想用这波千补百衲的浪潮洗掉顽固的母语，不但收效甚微，往往还会招来一阵汹涌的反扑。

所有这些意图颠覆语言的政变，最终都成了一种军事训练，使它更强大、更锐利了。

我只能承认，写作将是最终的活动——在一切被碾碎之前，我必须写下去；而且，写作不是，或至少不止于意义的生产：意义会变质、会消散，但符号的堆砌永无休止。

话到此处，我不得不想到他：想到他半蹲半坐在第一个字——那个代表宇宙的字之前，用天真的、先于一切意义的逼视将之毁灭，而后又撒出使之重生的种子；想到他像扑蝶的孩童一样安静地潜伏，之后突然跳起，捉住那些在风中四下翻飞的词句；想到他在宫殿里和旷野中的吟唱；想到他的誓言、他的谎言、他的忏悔；想到他的远行、他的憩息、他的流离。

翻遍这房间的每一个角落，我找到了他遗留下来的唯一一页纸。纸上抄录了一首蹩脚的——也许是高妙的，我不知道——十四行诗。诗句如下：

源始于本质之虎疯狂的自我啃啮；

糜碎的**语言**，在淌血的断齿上堆聚。

在故事之塔底层，**巨人**酣睡，充作壮观的牺牲；

无羽之鸟，翅膀覆满火焰：**英雄**的心脏在塔顶翱翔。

预言的幽灵潜伏在早已应验的未来；

果核里的**桃源**，毁于针眼大小的风暴。

铁钉对锁孔逞凶，被**误读**刺伤的簧片纷纷抽泣；

问题囚禁答案，借门缝的号叫拉响**远航**的汽笛。

爱欲是盲目的，要求火焰在灰烬上燃起；

唯有**信仰**，给冰雪的核里注入微末的暖意。

受苦的人啊，请忍耐，别吵闹：你的**自由**仍在梦游。

流放无关艰辛，只是一匹烈马的假期；死即拯救，

只有两种新颖格外丑陋：**祛魅**的世界和蜕皮的蛇。

并非原罪，而是无的放矢的慈悲，推动一切走

向**终结**。

　　我一遍又一遍地读这首诗，一再从最后一个词返回第一个词，但拒绝理解它，只想以一首诗的轮回打发时间。我先是踱步，然后躺下，最后坐了起来，将纸丢到一边。接下来将要发生的事情，各位想必已经猜到了：我，诗人的影子，即将打开电脑，开始写这个你们刚刚读完的故事。